KB046223

이별과
이별하기

이별과 이별하기

2016년 3월 31일 초판 1쇄 펴냄

펴낸곳 도서출판 **삼인**

지은이 전영관
펴낸이 신길순
부사장 홍승권
편집 김종진 김하얀
총무 함유경
사진 계은희 전영관

등록 2004.11.17 제313-2004-00263호
주소 120-828 서울시 서대문구 연희동 220-55 북산빌딩 1층
　　　　　(서울시 서대문구 성산로 312)
전화 (02) 322-1845
팩스 (02) 322-1846
전자우편 saminbooks@naver.com

디자인 디자인 지폴리
제판 문형사
인쇄 대정인쇄
제책 은정제책

ISBN 978-89-6436-113-9 03810
값 13,800원

이별과
이별하기

전영관 산문집

삼인

들어가며

잠이 깬 새벽, 여명으로 고요하다. 하늘은 달궈진 유리처럼 붉다가 서서히 투명해지며 내 안의 고독이 견고해진다. 인내심이라는 근육이 감당할 만큼 하루치의 분량이다. 새벽부터 견고해지는 일인용 고독과의 부대낌은 이별의 뒷모습과 같아서 제각각 다른 무늬를 드러낸다. 그렇다면 당신은 이별 중일까? 이별을 예감한 지난 주말 때문에 불안한 것은 아닐까? 이별에 대처하는 자세, 유형별로 대응하는 이별의 방식 등등 앱app.을 찾았을 것이다. 길찾기 앱을 찾더라도 무용지물이다. 당신이 입력한 최종 목적지를 확신할 수 없기 때문이고 아울러 나르시시즘 때문에 환승역을 지나쳤을 거라고 짐작한다. 이렇게 친절한 앱의 도움이 오히려 방해만 일삼는다. 이쯤에서 "이별의 기술"이라고 썼다가 지워버린다. 상처를 줄인다는 것은 주변의 흔한 처방이다. 후유증도 감안해야 한다는 충고는 경험자의 기억이다.

사랑과 만남으로부터 생을 격리시킬 수 없는 우리에게 이별은 언제 누구에게나 돌발하는 슈퍼박테리아 감염병인지 알 수 없으면서 우리는 이별한다. "이별과 이별하기" 위해서는 이별의 중심부로 들어가야 비로소 백신을 찾을 수 있다. 백신이란 자신이 앓아야 생겨나는 항체와도 같다. 결국 이별을 온몸으로 실감하는 것이다. 책의 1부는 여자, 2부는 남자, 3부는 정반합으로 통합했으나 이별이 가진 모호함과 다양

4

함을 변증법적 질문으로 걸러낼 수 없었음을 실토한다. 혹시나 하며 레시피를 찾는 독자께는 이별이 변주되는 다양한 무늬들을 읽는 책이라고 말씀드리겠다. 남겨진 여자의 통증을 통해 자신을 돌아보며 어느새 상처가 아물어갈 것이다. 버려진 남자의 울분이 어떤 발톱을 가졌는지 짐작하며 서로가 또 어떤 상처를 주었는지 후회도 할 것이다.

지금 이 순간도 우리는 이별범죄가 난무하는 가십난을 펼치고 있다. 이 책은 남겨진, 버려진 사람들이 주인공이다. 그들의 편지와 함께하는 동안 이별이라는 두려움의 실체가 보이고 그들의 독백을 듣는 동안 자신이 실수처럼 저지른 이별을 곰곰 떠올리게 될 거라고 기대한다. 고백하건대 이별이 저질러졌을 때마다 아파했으면서, 가버린 사람을 오래도록 미워했으면서 통증의 갈피들을 채워나갔다. 행운인지 불행인지, 이별은 아직 백신이 발명되지 않았다.

차례

3부 이별과 이별하기 위하여, 우리는 사랑에 열중한다

1부

●

눈빛이 깊어질 뿐, 여자는 이별했다고 하지 않는다

커튼을
닫다가

달빛에 발을 담그면 너의 고단함이 물들어올까. 깊은 멍으로, 통증으로 종아리를 타고 오를까. 하이힐에 찍혀 혼절한 저녁의 입술도 같은 빛일까.

너의 꿈에 손을 담그면 봄날의 양지만큼 따뜻할까. 모퉁이에서 너를 기다리고 있는 나와 마주치면 악수라도 나눌까. 손을 저으면 가만가만 간질이는 수초의 몸짓으로 기억들이 되살아날까. 함께 걷던 길을, 나란히 앉았던 벤치를, 키스하던 나무그늘을, 움켜쥐고 빠져나올까. 망각이라는 투명망토를 씌워 내게만 보이도록 바꿔놓을까.

정맥이 푸른 것은 우주보다 넓은 마음을 한 바퀴 순례하느라 녹슬었다는 뜻이겠지. 심해보다 깊은 곳까지 찾아갔다는 증거겠지. 변하지 않는 것이 황금만은 아니겠지. 외부의 전부를 차단하는 납덩이도 아니겠지. 구리로 된 마음이라 푸른 녹이 슨 거겠지. 널브러진 통념의 지스러기들을 떠메느라 번진 멍인지도 몰라. 달빛이 스며든 게 아니라면 말이지. 머나먼 것들은, 멀리서 느껍게 다가오는 것들은 왜 푸른빛인지.

이별과 이별하기

깨진
맹세

보름달이 여러 개의 초승달로 조각나듯 접시를 깨트린 날
베인 손가락을 입안으로 넣던 순간
플라스틱 접시를 꺼냈다가 다시 넣고 닫아버린 찬장
함께 골랐던 립스틱을 메마른 입술이 덜컥 분질러버린 아침
욕실 거울에 비친 가슴을 왼손으로 만져보던 밤

나는 사랑을 기억하지만 맹세는 지운답니다. 빈자리를 채우려 하지 않는답니다. 그대가 일어선 자리는 그대로 두겠습니다. 그날 죽은 내 이름을 비석으로 남기면 그대가 잘못 든 길처럼 지나치겠죠. 사랑 앞에 굳건했던 것만큼 내 다시는 찾아가지 않을 겁니다. 먼지를 쓸어내며 이름을 알아보고 하늘도 한번 바라보겠죠. 덜 익어 날카로운 노을 때문일까요. 전나무 숲에서 날아오르는 찌르레기 무리가 시끄러운 까

닭일까요. 미간을 찌푸리지 마세요. 마지막으로 내게 남긴 표정이거든요.

커피 잔, 실내화, 방석까지 한 세트로 된 물건은 전부 버려요.
잡동사니는 커다란 상자에 넣어요.
밀폐용으로 샀으면서 얼른 삭아버리라고 중얼거렸죠.
버리지도 지우지도 못하는 건 그대의 환영
어른거리고 울렁거리고 언제나 나보다 한 발 앞서요.
어디서든 돌아볼 때마다 거기 있어요.
언젠가는 희미해지겠죠. 희미해지지 않더라도
언젠가는 내가 그대를 외면할 수 있겠죠.
깨어진 맹세처럼 그대 얼굴도 언젠가 깨지겠죠.
그때 한 번만 더 피를 흘리면 끝나겠죠, 내 사랑

엿
듣기

네가 사준 곰돌이 눈꼬리가 점점 내려가고 있어. 전화 없는 밤마다 녀석에게 툴툴거렸거든. 널 대신해서 꼬옥 껴안고 자라며? 곰돌이의 주인은 너일까? 아니면 선물 받은 내가 주인일까? 카톡 답장이 한참 지나도록 오지 않을 때마다 기다리며 쿡쿡 녀석을 쥐어박았거든. 곰돌이가 맞았지만 네가 아플까 아니면 내가 아플까? 난 모르겠어. 오늘은 귀 붙잡고 뽀뽀해줄까? 녀석이 웃을 때까지 간지럼 태워볼까?

전화하지 말고 일찍 자자고 약속하고 헤어지는 날이 편하지만 왠지 그러기 싫어. 편한데 허전하고 기다리느라 안달인데 나쁘지 않아. 3분이 넘도록 네가 카톡 메시지를 읽지 않으면 슬그머니 답답하다가 괜히 걱정하다가 울컥 화가 나. 지난 학기엔 아침 수업을 번번 지각했잖아. 수강신청이 제대로 될까 모르겠어. 전공필수가 첫 시간에 있으면 큰일이야. 우리 집까지 왔다 가려면 너도 멀지. 피곤하지. 너네 엄마한테 나만 나쁜 계집애 되는 건 아닐까 몰라. 우리 엄마는 남자가 그 정도는 해야 한다는데 아빠는 그러지 말래. 조금 일찍 헤어지면 되는데 여자가 남자를 피곤하게 하는 건 옳지 않대. 그러면서 엄마를 쳐다보시더라? 엄마하고 눈이 마주치니까 금세 TV로 시선을 돌리시더라?

얘가 지금 무슨 소리를 하는 거야? 여섯 시가 넘었는데 아직 환하잖아, 바보야. 그리고 난 마법에 걸렸는데 자꾸 보채면 어떡해. 지난주에 여행 갔었잖아. 넌 맨날 그런 거만 생각하니? 내가 섹시한 거야 네가 엉큼한 거야? 앞머리 자르고 나왔는데 다섯 시간이 지나도록 모르면서 바보야. 삼청공원은 모기도 많고 어두운데 왜 자꾸 가자는 거야. 나 허리 아프고 피곤해. 오늘은 냉면 먹고 일찍 들어가자, 응?

일기
예보

그곳에 비 온다는 소식에 나는 발목이 젖는다. 젖은 신발을 신고 사막을 걷는 탕자가 된다. 익숙한데도 오르막이 버겁다. 물만 없을 뿐 범람하는 강이다. 예보를 듣고 얼마 지나지 않아 "여기는 비가 내리네"라는 문장 하나를 받았다. 더는 이어지지 않았다. 예보만으로도 이미 젖었으므로 답장은 하지 않았다. 한랭전선이 그곳에 머물며 차가운 비를 뿌리고 있겠다. 한쪽 어깨만 젖던 나날들은 없다. 우산을 뒤로 젖히며 지나치는 사람들을 살피느라 재킷이 젖고 있겠지. 둘이서 나눠 쓴 우산 속에서는 타인들 모두가 익명일 뿐이었다. 지나가는 누구도 관심 둘 필요 없었다.

비구름은 여기까지 당도하는 동안 몇 번이나 표정을 바꿀까. 항법장치가 있어서 목적지를 이 낡아가는 골목으로 설정했을까. 나란히 올

16

라가기엔 좁았었는데 담벼락들이 서너 걸음씩 물러선 것 같은 느낌이다. 사랑이라 불리는, 사소한 것 하나를 잃었을 뿐이라고 술 취해 비틀거릴 때는 다가와 어깨를 치고 등을 때리더니 먼 곳의 비 소식에 출렁거리는 오늘 담벼락들은 초면인 듯 단호하게 외면한다. 이곳의 폭우가 거기로 내려갈 거라는 예보가 나왔을 때 하나의 문장을 보냈었다.

"여긴 비가 오네요"라고 더는 젖을 것도 없이 흥건한 한 줄이었다. 그때 비구름에 합승해 찾아갈 걸 그랬다. 비 때문이라고 어깨를 털며 어색하게 웃어볼 걸 그랬다. 남녘으로부터 비소식이 올라오고 있다. 비와 함께 들이닥칠 것들을 감당할 수 없으니 비만 올라오기를 바란다. 기압골의 가파른 기울기에 미끄러지며 손을 저어도 잡히는 게 없다. 울기 좋은 밤인데 우산을 접어 가로등 허리나 툭툭 치며 걷는다. 그곳에 비 온다는 소식에 나는 범람의 중심을 헤매기 시작하는 밤이다.

겸상 1

솟아올랐다가 가라앉는다면 결국 맴도는 일이겠지요. 두툼한 기억이 조각난 채로 휩쓸려 떠오릅니다. 묵어 희미한 것들은 모래폭풍처럼 와류를 일으키고 제 감정에 겨워 몰려다닙니다. 잘게 썰었는데도 몸을 뒤채며 여전 맵찬 기운을 내비치는 장소들도 있습니다. 시제가 다르고 장면도 각각이었으나 따로 또 같이 한곳에서 부글거립니다. 파릇했다가 눅눅하게 풀이 죽었습니다. 단단했는데 힘을 놓쳐 물렁합니다. 해변의 상징들은 큰 소리로 외치는 것 같은데 들리지 않습니다.

달도 눈을 감았다가 살며시 뜨고 살핍니다. 막힘없어 훤히 보이는 천공인데도 하나둘 피어나는 별들 사이로 오시는 길을 헤아립니다. 달도 서운함에 눈을 질끈 감으려다가 다 감지는 못하고 가늘게 바라만 봅니다. 하늘은 묵은 간장 빛으로 맛이 들어가는데 달만 처음 만난 날처럼 맑은 울림입니다.

된장찌개를 불에 올리고 한참이나 들여다봅니다. 마음은 창밖에 걸어
두었는데, 아무도 모를 텐데, 들킬까 딴청을 부립니다. 애호박이 떠올
랐다 가라앉고 곱게 푼 된장은 금모래 빛입니다. 풋고추가 여전 청춘
이고 양파는 숨이 죽었습니다. 바지락들은 지난여름을 회상하느라 소
란스럽습니다. 오신다는 기별 받았으니 감췄던 기다림을 고백합니다.
끓으면 내리고 식었다 싶으면 다시 올리며 기다립니다. 조바심에 짜
겠다 걱정스러우면 인내심이라는 물을 다시 부으며 기다리다가 창밖
을 봅니다. 눈썹달도 파르르, 이른 추위를 느끼는 저녁입니다.

이별과 이별하기

겸상 2

소반을 닦습니다. 젖은 행주가 지나간 자리마다 물기가 잔금을 만듭니다. 마른행주로 재차 힘주어 문지르니 말끔합니다. 마음도 이처럼 눈물로 한 번, 한숨으로 또 한 번 닦아야 처음으로 돌아가는 일인지요. 옻은 옻나무에 생채기를 내서 얻은 수액이라지요. 사람으로 보면 피고름일 겁니다. 담아두면 온갖 감정들이 무게대로 가라앉고 떠올라 층을 이룬다지요. 나무에게 칼을 대는 것은 생목숨을 베는 일과 같아서 항거하는 수액도 독할 밖에요. 몸에 닿으면 벌겋게 부풀고 소양증에 시달린답니다. 마음엔 무엇이 닿아서 이토록 쓰리고 멍울이 늘어만 가는지요.

받침을 놓았는데도 뚝배기가 닿은 자리는 희미하게 자국이 생겼다가 사라집니다. 덧대야 소용없다는 뜻인지요. 펄펄 끓는 국그릇도 흔적을 남겼습니다만 옻칠답게 이내 스러지고 말았습니다. 옻칠이니까, 독한 옻이라서 그렇다지만 부럽습니다. 사람의 흔적은 무엇으로 지울 일이며 어떤 칠을 해놔야 처음처럼 말끔해질 수 있겠는지요.

볶은 고비나물을 접시에 담고 기름 묻은 테두리도 말끔히 훔쳐냈습니다. 아니 오시는 줄 알면서도 상을 차렸답니다. 기별이 잘못되어 보름 뒤임을 확인했을 때에는 국이 끓고 찌개가 보글거렸으니까요. 방정맞게도 헛제삿밥 같다 하다가 도리질하며 상을 치웠습니다. 평소마냥 혼자 때워도 될 일이면서 겸상 아니면 거르겠다는 마음이 옻오르는 것처럼 번졌습니다. 서러울 일 아닌데도 찬장 앞에서 발등이 젖도록 눈물바람이었습니다. 일곱 살 계집아이 되어 뺨을 감추는 저녁입니다.

꺼내놓은 금침도 넣어버리고 어둑발 내리는 물가에 나앉았습니다. 물은 옻칠만큼 색이 깊고 하늘은 조선간장이라도 엎지른 듯 감색으로 번져갑니다. 세상 어느 여인이 이토록 정갈하게 상을 닦았는지요. 그 행주를 빌리면 어지러운 마음까지 닦을 수 있겠는지요. 이 넓은 상을 다 채우려면 산해와 진미라도 모자랄 텐데 겸상할 정인이 그보다 귀중하단 뜻인지요. 산채와 박주로 소반 하나 차렸다가 치우고 나온 속내가 무안합니다. 여인네 심사려니 혜량하시리라 믿습니다. 건넛마을 목수에게 큰 상을 주문할까 하다가 빙그레 웃습니다. 텅 빈 줄 알았던 상에 별이며 달이며 바람과 그리움까지 그득그득 차려지는 저녁입니다.

산토리니
엘레지

바다는 제 몸을 얇게 저며 뭍으로 밀어내곤 합니다. 받아들이려니 고통뿐이라고 그만 가라 밀어내던 당신 같습니다. 견뎌내는 모습에 안쓰럽다가도 울컥 화가 난다던 당신의 술주정처럼 들립니다. 지난여름 나란히 백사장 파라솔 아래 앉아 바라보던 바다는 흰 이를 드러내고 깔깔거렸습니다. 들어와 함께 자맥질하자고 흰 팔을 뻗는 것처럼 보여 달려가고 싶었습니다. 그 바다를 두고 여기까지 혼자 왔습니다. 세상 모든 바다는 한 몸이니 이역만리 이곳도 결국 해류를 타고 따라온 우리의 바다는 아닌지 물빛이 낯익습니다. 가슴속에서 돌덩이가 하나가 떨어집니다.

산토리니엔 파도가 없습니다. 절벽에 부딪는 몸짓이야 수백만 년 반복한 일이겠지만 잠간 부서지고 말면 그뿐, 겹겹 내게로 밀려드는 파도가 없습니다. 여기서는 사랑도 파도처럼 밀려들거나 밀어내는 게 아니라 깊어서 푸른, 푸르러서 깊기만 한 적멸의 다른 이름입니다. 설탕 같은 미래를 휠백WHEEL BAG 한가득 담아갈 것 같은 연인이 꽃무늬 원피스 팔랑거리며 지나갑니다. 남자의 흰 바지가 왠지 내가 골라준 스타일 같아 뒷모습을 한참이나 바라보았습니다. 마음을 두고 온 줄 알았는데 나 모르게 먼저 출발했나 봅니다. 기억은 사진첩에 빠짐없이 가둬두었다며 안심하듯, 낙담하고 떠나온 길이었는데 습관은 내 다짐보다 힘세서 그만 바다만 바라보던 시선을 지나는 남자에게 돌려놓았습니다. 도착한 여기와 떠나온 거기가 한 발짝 거리인 것 같아 행여 누가 알아볼까 고개를 숙였습니다.

설렘으로 유람선 이물에 나와 선 관광객이라면 언덕 위 하얀 집들이 동화같이 보일 겁니다. 혼자 온 사람은 산토리니에 며칠 묵지 않아 파도가 온통 산으로 올라온 것이라는 걸 알게 될 겁니다. 이곳의 바다에는 파도가 없는 이유입니다. 그렇다면 나는 파도에 휩쓸려 아는 이 없는 익명의 언덕 위로 올라온 셈입니다. 어쩌란 말인지 답해줄 누구도 없는 거리를 파도처럼 한나절 걷다가 낮은 담장에 앉아 노을을 봅니다. 다 낡아가는 일이라고, 붉은 손을 저으며 그만이라 합니다. 감춰온 것 전부를 내놓으라 휘감아옵니다. 진정 그런가 인정하다가 아니라고 모자를 고쳐 쓰며 다짐하다가 바다를 내려다보면 여전 묵묵이고 부담인 당신의 얼굴이 출렁거립니다. 파도 같은 마음으로 떠밀다 지쳐 이젠 푸른 통증만 남은 안색을 봅니다. 돌아가면 괜찮아졌다고 당신께 전화하겠습니다. 나는 괜찮으니 억지로 씩씩한 척 말라고 하겠습니다. 산토리니 이아 마을의 하얀 집들이 초록색으로 바뀌는 날 출발하겠습니다.

춘설과
진달래

여전히 어여쁜가요. 3만 년 전이었을 겁니다. 캄캄한 공간을 질주하는 이 별의 속도에 현기증을 느낄 때 다가와 이마를 짚어주셨죠. 그 손의 온도를 기억했다가 해마다 몸을 열어 분홍을 꺼내라 말씀하셨죠. 미욱한 제가 어찌 시절을 알아 사람들에게 꽃이라는 이름을 받을 수 있었을까요. 다정의 힘으로 때를 알고 때가 지나면 훗배앓이도 아닌 다정을 앓느라 이파리 무성하게 펼치고 바람소리를 새긴답니다. 비 올 때마다 씻고 밤이면 먹으로 덧칠해도 해마다 이맘때면 스스로를 어기지 못해 어느새 분홍이고 스스로도 놀라는 분홍입니다. 양지 쪽도 차지하지 못하고 키 큰 활엽수 아래 부스러기 햇빛이나 받는 제가 안타까우신가요. 한눈에 훤히 뵈는 자리보다 지나며 문득 마주치는 여기가 외려 기다리는 기쁨이 있답니다.

전할 말씀이라도 있으셨는지요. 지상의 거리에만 배반과 왜곡이 횡행하는 것이 아니라 천상에도 혼돈이 있어 사월 하고도 중순까지 폭설을 갈무리하셨군요. 엊그제는 분명 따사로운 그 손의 온도를 느꼈답니다. 한 번 짚어주셨으면 달포나 지난 후에 재 너머 산철쭉에게 가실 차례인데 어찌 소매에 함박눈 부스러기를 묻힌 채로 되돌아오셨는지요. 볕은 따사로워도 해거름이면 속살이 찢기는 듯한데 어인 심사로 엄동嚴冬을 다시 겪게 하시는지요. 담담 받아들이렵니다. 한나절 봄볕이면 흘러내릴 터이니, 내 눈물 거기 섞여도 알아채는 이 하나 없을 터이니 이대로 견디렵니다. 안면 익힌 바람이 얼마간 덜어주고 가겠지요. 그늘을 드리우는 신갈나무도 제 알아서 조금 더 기다렸다 너른 이파리를 꺼내겠지요.

어느 사내가 시차時差라고 탄식하며 올라갔습니다. 꽃은 꽃이어서 아름답고 눈은 눈이라서 그윽할 뿐인데 서로가 제자리에 앉지 못해서 쓰라린 거라고 되돌아보며 중얼거렸답니다. 사랑을 잃은 사내일까요. 사랑을 버린 사내일까요. 춘설春雪에 어깨가 시리다는 핑계로 깊이 생각하진 않았답니다. 시차는 엇갈린다는 뜻이니 만나지 못했다는 참혹이겠죠. 그러지 말아야 할 존재들이 겹치는 증상이니 통증이 폭발하는 구간이겠죠. 저는 지금 시차를 견디는 중일까요. 좀 전의 그 사내와 저는 같은 곳이 아픈 존재일까요. 이대로 앓는 듯 참는 듯 꺼내놓은 분홍을 지키렵니다. 시차는 이 미물의 소관이 아니지만 지금 이대로도 황홀의 시간이라 생각하렵니다. 어쩌면 제자리에 있는 시절보다 지금처럼 엇나가는 잠간이 매혹에 가깝지 않을까요. 시리고 쓰라린 통증만 들키지 않는다면 말입니다.

　이별과 이별하기

Camille's Monologue
In Paris

창밖 벤치에서 늦은 밤까지 누가 울고 간 모양입니다. 사람과 사람이 포옹하는 순간 가슴에 붉은 물이 들 듯 낮과 밤이 몸을 섞는 시간이면 하늘도 붉어집니다. 맨 처음 노을이라 부른 사람은 누구였을까요. 사랑을 시작하며 자신도 모르게 터진 탄성이었을까요 아니면 오지 않는 사람을 기다리다 혼자 붉어진 마음을 내버리듯 하늘로 던지며 떠올린 말이었을까요.

조숙한 이파리들은 진한 초록으로 건너가는 계절인데 창은 무료 변호사처럼 고지식하기만 해서 허약한 나를 변론해주지 않습니다. 함부로 들어온 새벽 냉기가 어깨를 찌르며 잠을 흩어놓곤 그만입니다.

서로를 물끄러미 바라보며 견디던 사스레나무들이 더는 참을 수 없다

이별과 이별하기

는 듯 어둠 속으로 잠기며 하나의 슬픔으로 뭉쳐지곤 합니다. 저녁마다 둥근 울음으로 변해버리는 모습을 보며 커피를 마시곤 합니다. 로댕, 혼자 울기 좋은 곳을 찾으면 제일 먼저 내게 연락하겠다고 가방을 꾸린 로댕, 그 겨울이 가고 봄이 만발하도록 없는 연락을 기다리고 있습니다.

연서를 띄우듯 사스레나무 껍질에 나 혼자 삼키는 밤의 적막을 적어보낼까요. 편서풍은 주소불명이라고, 배송할 수 없다고 외면하겠지요. 선잠을 깰 때마다 제일 먼저 생각나는 이름을 새겼다가 강변에 나가 태울까요. 결국 하나의 이름일 테니까 반복해서 아플 뿐이겠지요.

어젯밤에 울고 간 사람의 눈물은 뺨을 흘러내리지 않고 허공으로 날아올랐다는 말일까요. 먹빛이 눈물에 희석되어 푸른 새벽으로 묽어졌다가 이내 환하게 흔적도 없이 사라졌습니다. 한참을 울다가 눈이 마주치면 괜히 민망한 것처럼 나무들도 서로 어깨를 걸고 견디던 지난밤이 무안한지 바람을 불러다가 몸을 돌립니다.

울음은 고여 있던 것들이 흘러나온다고 생각했는데, 시간이 가면 내 가슴도 물 없는 바다로 변할 거라고 기다렸는데 아니었습니다. 울음이란 삼투渗透와 같아서 세상의 슬픔보다 더 진한 내게로 모두들 스며드는 거였습니다. 그러니 마를 날 없는 일입니다.

로댕, 이제 돌아왔으면 좋겠습니다. 흘려보내도 소용없는 일이니 내

32

안에 소용돌이치는 슬픔의 농도를 눈물이 어둠을 희석하듯 눈물로라
도 낮춰버리면 그만인 겁니다. 세상의 슬픔보다 한 눈금 묽으면 스스
로 나가버리겠지요. 봄이 다 가버리기 전에 돌아와 꽃이라도 심어요,
로댕. 불면으로 가시를 키우는 장미일지라도 로댕…….

당신은
무죄

봄은 비자도 없이 참혹한 땅에 들렀다 가버렸으니 뒤따라 출국하련다. 그물망같이 성긴 가방에 욕심대로 잡동사니를 꾸려 넣고 공항까지 가는 동안 몇 가지는 빠져나가겠지. 그리운 얼굴은 바닥에 남아 먼 길을 예감하며 저녁처럼 붉어지겠지. 아니다 싶은 것들은 스스로 길에 떨어져 질주하는 바퀴들에게 몸을 버리겠지. 봄과 같은 자격은 없으니 수속하는 동안 즐겨 찾던 호수가 아닌 걸 알아버린 누구는 책상 서랍으로 돌아가겠지. 앨범의 비닐을 들추고 마치 처음부터 따라나서지 않았던 것처럼 본래의 자리로 맞춤하느라 여러 번 흔들리겠지.

프랑크푸르트 공항에 내려야지. 새로운 사랑의 입구인 양 선뜻 패스포트를 내밀지는 못하겠지. 순환선 모노레일을 타고 빙빙 돌아봐야지. 택시들의 노란 줄을 보며 kiss and ride, kiss and ride 이국의 금발 연인을 그려봐야지. 피부도 체구도 다르고 얼굴도 제각각인 사람들이 뿜는데도 담배연기는 왜 비슷할까. 흡연실 앞에서 통속과 상투를 양쪽 주머니에 넣고 만지작거려야지. 그러다가 안내데스크에 걸린 고성古城 사진을 보면 마음 바빠지겠지. 흰 수염이 구름 같은 기사에게 하이델베르크 성으로 달리자고 해야지.

신의 늑골인 듯 흰 궁륭이 견고한 식당에 앉아 이른 저녁을 먹어야지. 강이 울대를 넘어 오래오래 휘돌다 내 전부를 떠메고 빠져나갈 때까지 포도주를 마셔야지. 아랫동네 붉은 기와들이 누대에 걸쳐 괴테와 함께 사색한 문장들을 채집해야지. 그러다가 밤이 오면 내 발자국 소리만 동행 삼아 테오도르 호이스 다리까지 내려가야지. 불 켜진 카페를 기웃거리며 있을 리 없는 얼굴을 찾아봐야지. 거구에 종종 부담스런 이곳의 사내들 아닌 당신의 겸손한 눈빛을 찾아봐야지. 가늘게 떨리던 손목을 지나가는 정맥에 나까지 푸르게 물들어버리던 밤의 수채화를 이젠 빙그레 웃으며 그려내야지. 꽃도 아니고 풍경도 아니고 단 하나 당신이면 행복했던 시절을 이렇게 먼 곳에서 다시 찾는 나를 자책하진 말아야지. 당신과 마주하고도 행복하지 않은 존재는 모두 유죄라고 외쳤던 내 죄만 미워해야지.

바다와 고양이와
여자

나는 가늘고 긴 비늘을 가진 어류죠. 해초의 섬유질을 한 가닥씩 뽑아내 그믐밤 먹빛으로, 보름마다 쏟아지는 만월로 염색했으니 검고도 희죠. 해류를 탐지하는 측선 대신 바람의 속도와 방향을 전신으로 감지할 수 있답니다. 밀물이 해저의 감탕을 옮겨와 물결무늬를 새겨주었죠. 썰물이 머리로부터 꼬리로 빠져나가며 전신에 발자국을 남겼죠. 검게 한 줄, 퇴색한 개펄 색으로 한 줄 그어진 몸이라고 돌돔 종족이라 착각하지 말아요. 그보다 예민한 눈을 가졌고 그보다 더 명민하답니다.

나는 지느러미 대신 네 발을 가진 포식捕食 어류죠. 밀어내며 나아가는 유영이 아니라 도약과 회전을 무기로 장착했죠. 수염이라 불리는 부위는 예감의 상징이죠. 심해어의 발광기관과 해파리의 촉감을 한 가닥씩 엮어 만든 레이더랍니다. 등 뒤에 있는 적의 털끝만 흔들려도 공격할 수 있답니다. 상어의 이빨보다 깊게 파낼 수 있는 발톱을 감췄으니 함부로 다가오면 위험하죠.

나는 내가 주인이니 별도로 주인을 섬기지 않는답니다. 다만 응시할 뿐이죠. 그의 통점痛點 사이로 송곳니를 찔러 넣죠. 고통 없이 잔가시보다 어지러운 불면을 발라내죠. 구두에 묻혀 들어온 비루함을 핥아 지워버리죠. 낯선 거리의 배신과 험담이 배어 있다면 실크넥타이라도 찢어버리죠. 나는 때때로 바다를 찾아야 하는 어류이며 방을 지키는 겸손한 맹수이고 공감으로 연대하는 동거자랍니다.

나는 그와 함께 침대라는 바다를 유영한답니다. 베개라는 간출여에서 숨을 고르죠. 일상의 비린내도 서로가 덜어준답니다. 저녁마다 무료로 번지는 노을보다는 소나기 지난 후의 채운彩雲을 기다리죠. 잠을 설친 아침, 청사포 등대 앞에 나란히 앉아 나는 출렁이는 파도의 속말을 듣고 그는 파도의 끊이지 않는 몸짓을 봅니다. 손등을 핥아도, 소매를 물어 잡아당겨도, 바다로 돌아가기라도 할 듯 물에 가까이 가도 그는 파도만 보네요. 밀려와 그에게 쌓이는 무언가가 내게도 감지됩니다. 송곳니로도 발라낼 수 없고 발톱으로도 파낼 수 없는 생의 각질이 그에게 쌓이고 있습니다. 그가 전화기를 꺼내네요.

뿌리로 했던
사랑

대밭을 한나절 함께 걸어도 그대는 알아채지 못했네. 죽순처럼 하냥 자라나는 그리움이라고 어린애처럼 벙글거렸네. 베어내고 베어내도 지속될 사랑이라고 장담만 했네.

견고한 지층을 몸으로 밀어 넓힌 거라네. 햇살을 예감하며 암흑을 움켜쥐는 시절이 오래였다네. 높아질수록 위태한 일이려니 폭풍에 쓰러지지 않으려 힘을 기르는 동안 그대는 갈급으로만 맴돌았었네. 기다리란 말도 못하고 가만가만 웃었네. 거리의 언어인 것만 같아 서로를 참는 거라고 다독이지 못했네.

대밭 그늘에 혼자 앉았네. 뿌리를 다 넓히고 나서야 치솟는 대나무를 혼자서 보네. 이제는 하늘 끝이라도 오르리라, 흔들리지 않으리라 확신했는데 잡아줄 그대는 없네. 이대로 백 년 서 있다가 나 홀로 꽃 피우고 소멸하려네. 스러진 자리에 폭우가 지나가면 뿌리만 백골로 무성하겠네. 지나던 그대가 보았다면 후회하려나.

내생엔 뿌리에 진력하느라 사랑을 잃은 대나무는 되지 않으려네. 그대부터 붙들고 보는 으아리 넌출로 돌아오겠네. 서둘러 흰 꽃 팡팡 터트리며 함께 웃어보려네. 발에 걸린다는 어느 농부의 낫을 맞아도 그만이겠네.

물 위에
쓰는 편지

밥이나 한번 하시죠. 물소리 들리는 계곡의 너럭바위도 좋고 아스라이 들녘을 바라볼 수 있는 논배미 정자도 흡족합니다. 소나무 둥치에 돗자리를 깔아도 적당하련만 노송이라면 드문드문 구멍 뚫린 그늘을 드리울 테고 왠지 도인이라도 될 것 같은 착각을 일으킬 겁니다. 소소한 일상에 마음 다치고 세상엔 모서리가 너무 많다고 푸념하는 당신과 나이니 탁 트인 호숫가가 적당하겠습니다.

찬이야 머위 이파리와 참나물이면 넉넉합니다. 비린 것 좋아하는 당신이니 구운 고등어 한 쪽도 풍미를 더하겠지요. 더운밥에 열무김치 쫑쫑 썰어서 고추장에 비비면 산해진미도 부럽지 않을 겁니다. 목 마칠까 잘 익은 나박김치도 올려야겠습니다. 지난가을에 준비해둔 호박 오가리도 들기름 넣어 볶으면 구수할 겁니다. 단단한 것 같아도 물에 들어가면 쉬이 풀어지니 사람 마음도 다를 바 없으리라 생각합니다만 미움이 그와 같아야지 절개가 그처럼 풀어진다면 서글픔만 함지 바닥에 남을 겁니다.

당신과 함께 걸었던 새끼손가락 같은 풋고추도 아린 맛을 더할 겁니다. 풋내도 날 겁니다. 약속이란 게 그렇잖습니까. 지켜지면 희미하고 깨지는 순간에 더욱 그 의미를 공고히 하는 헛일 말입니다. 묵은 된장에 쿡 찍어서 한 입 깨물면 그만입니다. 매워야 제맛이고 깨졌으니 매운 거 아니겠습니까. 매울 줄 알면서도 깨물어버릴 나를 나 혼자만 걱정하려 합니다. 새끼손가락 걸면 뭐하겠습니까. 마음을 걸어도 흐려지는 게 사람의 일인 것을 어쩌겠습니까.

다 괜찮아진 것처럼 밥이나 한번 하자 했지만 밥이라도 한번 나누자는 심사임을 아실 겁니다. 간장의 짠맛을 떠먹어야 알 수 있는 게 아닌 것처럼 흔한 말로 눅눅함을 감추려는 마음을 짐작한다면 흔쾌히 허락하고 시간을 내리라 믿습니다. 며칠 전이 만월이었으니 그믐이 되기 전에 기별이 오리라 기다립니다. 눅눅한 어둠을 혼자 밀며 돌아가긴 싫습니다. 그러지 말고 따뜻한 밥이라도 한번 나누시죠.

몰沒에서
환幻까지

위험한 사랑으로 등이 저린 금요일 밤의 연인들에게

꿈에는 한걸음입니다. 심장이 엇비슷 포개진 채로 쿵쾅거리던 밤을 불망不忘의 금가락지 삼아 끼웠다 해도 윤리라는 지도 위에선 구만 리 떨어져 있음을 인정합시다. 비난의 가시밭을 알몸으로 건너야 한다면 기꺼이 응하겠으나 그런 나와 당신이 눈 마주칠 순간을 생각하면 손톱 밑으로 바늘이 박히는 통증을 느낍니다. 말릴 틈도 없이 당신이 먼저 그리 한다면 내 거죽을 벗겨서라도 가시밭 위에 깔아놓을 겁니다. 내 몸에 불을 질러서라도 캄캄하고 달콤한 지옥을 밝힐 겁니다. 넘지말아야 한다는 경계가 있을 뿐 넘어설 수 없는 경계란 없습니다. 아무도 넘어가지 않는다면 도대체 담이 무슨 효용 있겠습니까. 거짓말인줄 알겠거니 믿으면서 몰沒이라는 한 글자를 홀로 뒤척이는 누옥의 담벼락 바깥에 걸어둡니다.

결단코 달려갈 수 없는 거리라서가 아닙니다. 젊은 날의 용기가 녹슨 탓도 아닙니다. 새벽 꿈자리가 공연히 자욱해서 수긍하고 말았습니다. 지금 이 순간부터 남은 거리의 반씩만 달려가기로 합니다. 가까워지겠지만 영원히 도착하지는 못할 겁니다. 도착하지는 말아야 할 곳인 까닭입니다. 가는 것 아니라고 우리를 변호하며 가시밭을 피하려는 궁리입니다. 비겁하다 힐난하면 달게 받겠습니다. 너희들은 거기까지라고 비웃는 법률이 있다면 이만으로도 행복하다고 항변하겠습니다. 사실, 마음은 경계를 두지 않고 단숨에 달려가곤 합니다. 숨이 울대를 막는다며 쓰러지듯 안겨버리곤 합니다. 수시로 나를 배반하는 몸 때문에 냉수를 뒤집어쓰는 일이 잦아집니다. 맹세대로 오늘도 남은 거리의 반을 달려갑니다. 인정하지 않으면서도 환幻이라 쓴 베갯모를 고쳐 눕는 밤입니다.

아나
토미

수요일 역 12번 출구를 위한 연가

갑각류처럼 뼈를 겉으로 꺼내놓았다면 포옹의 전류는 미미했을 테지. 그대의 손이 스칠 때마다 새로운 발전소가 하나씩 생겨났으니 나는 수시로 절망하는 폭포였다가 침잠에 든 호수였다가 때로는 홍얼거리는 여울인 거지. 우리가 갑각류였다면 견고함을 찬양했을까. 무늬란 사랑을 위해 목숨 걸고 치른 투쟁의 상처라고 미소 지을까.

척추가 있는 편이 좋겠어. 이리로 걸어오는 리듬이 낭만적이야. 꽃에게로 허리 숙인 뒷모습의 온도가 따뜻했었어. 지그시 누르는 마디마다 천 개의 불이 켜졌지. 척추를 가진 포유류가 제일이야. 나눠주는 거잖아. 나를 덜어낸다는 증명이잖아. 공유하는 기억의 페이지들이 감람나무 이파리만큼이나 많아서 부자인 거야. 커다란 흉곽이 믿음직해.

기다림을 항온으로 유지하고 싶으니까 심장이 필요해. 묵묵부답 꾸준한 간은 아버지 느낌이야. 경박하게 보여도 감추느라 딸꾹질해대는 횡격막이 귀여워. 그대의 문장은 겁이 많아서 소화불량에 시달릴 테니 위장이 있어야겠지. 풍선 같은 폐도 장착해야 함께 걷던 새벽 냄새를 오래오래 담아두기 좋을 거야. 그대 안으로 잠수하는 거니까 숨은 참을 수 있거든.

심장이 쿵쾅거리는 건 고장이 아니야. 안색이 흙빛이었다가 명자꽃 만큼 빨개지는 증상도 병이 아니야. 호흡이 가파르게 오르내린다고 두려워하진 말아. 더부룩한 나날들이 지속될지 몰라. 모두가 병이 아니야. 누군가가 흉곽에 자리 잡은 까닭이야. 늑골을 늘일 수는 없으니까 서로가 자리를 좁힌 셈이지. 쿵쾅거리니까 사랑이고 안색이 수시로 바뀌니까 연애고 호흡이 춤을 추니까 키스인 거야. 더부룩함은 나누지 않은 욕심 탓이야. 알고도 들여놓았다면 달콤한 고통이지. 당황스럽다면 솔직해져야 해. 사랑이 시작됐다고. 그대가 이미 내 안에 있다고.

이별과 이별하기

take
out

밤은 지느러미가 연한 어류들의 시간이다. 현기증만 올라오는 오후를 견딜 수 있는 힘은 머지않아 어둠이 거리를 채워줄 거란 예감이다. 오래 기다린 누군가와 어둠을 헤엄칠 수 있는 까닭이다. 밤은 뼈가 약한 어류들의 천국이다. 부력에 의지해 모자라는 근력을 견딜 수 있기 때문이다. 어둠에 따라 흔들리는 지느러미 같은 그대의 웃음, 가시 같은 뼈를 가진 그대의 손가락을 느낀다.

와플의 격자마다 청포도가 앉아 있다. 껍질이 벗겨져서 쓰라릴 것만 같은 청포도가 새콤하게 피곤을 적신다. 사랑은 이런 방식으로 견뎌야만 하는 일일까. 나를 먼저 건네야만 보답이 달콤해지는 것일까. 생크림은 뭉게구름, 함박웃음이 생크림, 손잡고 뛰어들어도 무릎이 깨지지 않을 것만 같이 몽실몽실하다. 우린 스치는 타인이라고 눈에 힘을 주던 팔짱이 풀어지는 속도로 와플이 입안에서 부드러워진다.

곁들여 키위주스를 마신다. 청량음료 수준으로 말끔하지는 않다. 처음이니까, 처음이라서 서툰 감정이라고 알갱이가 걸린다. 사실은 이게 진심이라고 입안에 씨가 남는다. 손에 쥐었다고 사랑이 아니다. 조급을 누르는 시간이 필요한 거다. 키위에서 후숙後熟 을 읽는다. 얼마간 기다리고 바라보고 손에 쥐고 있어야만 한다. 제 안에서 골똘한 키위의 초록을 헤아릴 줄 알아야 한다.

푹신한 생각에 빠진 사이에 그대는 남은 와플을 포장해주겠다고 일어섰다. 역시나 사랑이란 앉은자리에서 만끽할 수 없는 분량이다. 사랑을 담을 만큼 큰 그릇이 있겠냐고 물었을 때 그대는 웃었다. 천 년의 기다림과 한 번의 입맞춤이 사랑의 저울 위에서는 수평이라고 대답했다. 어둠을 헤엄치는 어류였다가 생크림으로 도피한 여자였다가 방금 딴 키위에게 언제 다 익느냐고 묻는 초보 농부로 마무리하는 밤이다. 술도 못하는 깜냥이어서 주량이 아닌 상상만 늘었다. 오랜만의 낭만이 상투로 녹슬까 봐 귀가를 서두르는 밤이다.

후숙(後熟) : 바나나, 키위 등과 같이 수확 후 일정 기간이 지난 다음에 먹는 일을 칭하나 본뜻은 성숙한 씨앗이 발아 능력을 발휘하기 위해 필요한 휴면기(休眠期)를 뜻함.

예감에서
공감까지

약속보다 견고한 감옥은 없습니다. 수의를 입지는 않았지만 여명이 만발하도록 한걸음도 못 떼고 기다립니다. 번호가 부여된 것도 아닌데 줄을 선 듯 고개를 내밀어 앞을 보곤 합니다. 누가 앉은 채로 돌이 되라 했겠습니까. 돌이 된 이후라도 당도한다는 확신이 있다면 오히려 기껍겠습니다. 기별이 없으니 귀만 커지고 먼 곳으로 눈이 가고 심장은 얇아집니다. 예감만큼 무책임한 안개가 번져옵니다.

기다림보다 행복한 고문도 없을 겁니다. 순록 뿔이 자작나무 둥치와 부딪치는 소리에 상심의 눈사태를 염려합니다. 나는 또 천 길 깊이로 파묻혀 숨을 참아야 하겠습니다. 매달 새벽마다 산등성이에 올라 만월이 숲에 묻히고 간 은가루를 채집했습니다. 백 년 세월을 그리 했어도 한 줌에 불과합니다. 사랑도 이와 같아서 그러모으는 정성에 비해

이별과 이별하기

정작 선물이라 꾸리려 보면 하잘것없습니다. 그대에게 드릴까 하다가 세파에 흩어질지 몰라 은입사銀入絲 등잔을 만들었습니다. 나날이 어둠에 무두질당한 내 쇳골이 황동보다 질겨졌으니 재료는 따로 구할 것 없었습니다.

지난 가을에도 자작수피樹皮를 갈무리해두었습니다. 누군가의 비밀을 엿듣는 것처럼 조심스레 한 겹 한 겹 벗겨내어 그늘에 두면 제 알아서 물기를 버리고 말을 잊고 흰 여백만 남습니다. 불을 붙이면 몸을 뒤채는 모습에서 인내의 신열을 느낍니다. 신음인 듯 아닌 듯 낮은 소리를 안으로 말아 쥐기만 합니다. 혹시나 그대에게 들릴까 장탄식도 바람결에 묻어버리는 내 소심小心과 같습니다. 그런다고 들리지 않겠습니까. 여생에 당도할 수 없는 거리라도 곁인 양 들어줄 거라 믿습니다.

오늘도 만지장서滿紙長書를 저지르고 말았습니다. 그대가 늦는 까닭이 아니라 다정도 병이라 여기시면 됩니다. 잉크가 마르기도 전에 후회할 문장이라도 그대에게 공감이길 바랍니다. 저만치 달려오는 그대를 보며 얼른 뒤로 감추게 되기를 희망합니다. 자작수피는 천 년을 간다지요. 그전에 오시리란 기대도 달콤하지만 이 밤 지난 새벽에 마주앉기를 갈망합니다. 남은 천 년 동안 함께 읽기를 고대합니다. 극지와 가깝지만 커튼을 달지 않고 견딥니다. 수피를 벗어준 자작들 수런거림에 혹시나 하고 창문으로 다가가는 밤입니다.

천 년 여우의
moontan

당신을 사랑하지만 나는 사람을 믿지 않습니다. 매달 달빛으로 심장을 씻은 지 오늘이 천 년을 채우는 마지막 날이네요. 만월이 솟아올라 중천에 다다를 때까지 그리움을 감춰야 한답니다. 중천으로부터 다시 서녘으로 침몰할 때까지는 당신을 떠올리지 말아야 한답니다. 늦은 밤 깨어나 문득 서늘했던 순간이 있었다면 그건 당신 이마를 짚어보던 내 손길이죠. 자리끼 물이 절반도 남아 있지 않았다면 내 갈증이 당신보다 뿌리가 깊은 까닭이니 용서하세요. 당신의 체취, 음성, 촉감 모두를 지우고 신생아의 마음이 되어야만 한답니다. 인후를 늘여 짖어대는 건 늑대 따위 짐승들 방식이죠. 나는 천천히 심장을 꺼내 씻는답니다. 침실 입구까지 가는 길이 관절 마디마디에 스며 있으나 이마저도 백지로 되돌려놓고 기다려야 한다네요. 나는 한 달에 한 번 당신을 잊는 존재, 당신을 얻기 위해 당신을 버리는 존재죠.

당신을 사랑해서 나는 사람이 되려 한답니다. 한 번도 몸을 구하지 않은 영혼이니 사람이 되겠다는 결심은 최초의 실수가 되겠죠. 중음中陰은 평화로우나 사랑이 없는 불모였죠. 사랑만 없으면, 울렁거리는 몸만 없으면 누구도 번민하지 않고 후회도 없다는 낙원이죠. 만월을 올려보는 당신과 눈이 마주치는 순간 지옥으로 변했답니다. 실패한다면 반복하지 않을 거니까 최후의 실수이기도 하겠죠. 누구도 나를 볼 수 없고 당신마저도 오늘 밤이 지나기 전까지는 나의 존재를 느끼지 못할 것이나 사람의 거리에서 통용되는 차림으로 기다리렵니다. 사람이 되는 순간 달려갈 것만 같아서 예비한 일이죠. 이파리 털어내느라 전신의 근육에 힘을 주는 서어나무를 보며 한 시절을 건너는 일도 저와 같으니, 천 년을 견딘 나를 다독입니다. 저녁 예불 끝나고 마지막 종소리가 여울 건너 들판으로 사라지면 만월이 솟을 겁니다. 연인들은 moontan이라 부르며 달빛 출렁거림 속을 유영하겠지만 마지막 한 번을 위해 심장 근처로 서서히 손을 옮기는 나의 기다림은 만월도 모른답니다.

신공무도하가新公無渡河歌

흔적도 없네 내 사랑.

연인을 업고 여기까지 왔는지 바람도 지쳐 침몰하네. 하늘은 안색이 어둡고 구름도 무거워지네. 강준치가 수면을 찢으며 포식하네. 조각 난 속살들을 만끽하네. 사랑은 사람의 일인데 저 비린 것들에게까지 달콤한 모양이네.

어찌 건넜을까 내 사랑.

물오리도 하마 멀어 수면을 박차고 날아가는데 발목 가는 내 사랑, 날 지도 못하는 내 사랑, 내게만 새였던 내 사랑, 어쩌라고 가버렸나 탄 식하네. 더는 싫다고 정이라도 떼고 가야지 마른 가지 부러지듯 가버 렸네. 연잎만큼 무성한 약속들을, 연근처럼 얽힌 시절들을 내게 남겨 주고 혼자만 갔네.

돌아올 기약 없네 내 사랑.

강이 얼어붙을 때까지 기다리자 다짐하네. 수의도 없이 수초에 친친 감겨 바닥에 누운 후에는 희미한 울음소리 들려도 되돌릴 수 없겠네. 그대 혹시나 어리석은 내가 가여워 뱃전에 눈물 떨구면 나는 죽어도 죽을 수 없겠네. 궁리를 거듭해도, 빙판을 건너도, 찾을 수 없을 일이네.

죽어버리지 내 사랑.

그랬다면 어둠보다 질긴 울음을 오래도록 울겠네. 썩어 문드러져도 떠오르지 않도록, 내 사랑 찾기 전에는 떠내려가지 않도록 자갈을 삼키고 투신하겠네. 철새들이 남쪽으로 물고 가 북녘 어느 천치의 심장이라고 내려놓겠네. 질겨 삼킬 수 없더라고 빈정거리겠네.

보이네 내 사랑 희미하네 내 사랑

불빛 하나가 어룽거리네. 건너오란 말인지 잘 있다는 인사인지 안타까워 이별의 편지라도 쓰려는 참인지 알 수 없네. 저 불빛 꺼질 때까지는 서 있으려네. 돌아가겠다는 생각만으로도 두려워지네. 혼자 남은 방이란 펄펄 끓는 물에 생인손을 집어넣는 통증이네. 그보다 더 쓰라려 떠났을 거네 내 사랑. 강가에서 울기만 하네 나도 내 사랑도.

남해
서신 1

미조항

바다는 먹빛 갑옷으로 무장한 천군千軍입니다. 창검을 숨겼는지 불빛에 반짝입니다. 찔려도 출혈은 내부로만 지속되겠지요. 뻐근함이 환부를 맴돌다가 심장 뒤편에 자리 잡고 오래도록 떠나지 않겠지요. 겁이 나면서도 등대까지 걸어가는 걸음을 돌리고 싶지는 않았습니다. 나보다 먼저 쓰러진 바보가 있었는지 비린내가 물큰하게 밟히는 항구의 밤입니다.

파도는 소리도 내지 않는 만마萬馬로 달려옵니다. 백 년 만에 외출하며 빗장을 열어뒀는데 어쩌라고 저리 몰려오는가 모르겠습니다. 창문은 처음 만나고 돌아온 날 내 손으로 부숴버렸는데 무엇을 더 허물려는 진격인지 묻고 싶습니다. 빗장이 굳건하면 돌아가려 했습니까. 창문에 커튼이 드리워져 있었다면 두드리지도 않으려 했다는 말입니까.

이별과 이별하기

천군千軍과 만마萬馬를 일컬어 사랑이라 하겠습니다. 사랑에 빠진 사람에게만 들리는 울림입니다. 다시 사랑해보겠노라 마음 다잡은 사람만이 듣고자 하는 떨림입니다. 돌아와 누운 밤입니다. 숨소리까지 낮춰가며 듣습니다. 천군만마千軍萬馬라고, 내게로만 달려오는 중이라고, 조금이라도 크게 들으려 몸을 소라처럼 웅크립니다. 온몸이 귀가 되었습니다. 오늘 같은 밤이라면 숨지도 않겠지만 숨을 곳도 없습니다.

미조항도 밤이면 몸을 열어 난바다의 해류를 받아들입니다. 허튼 기억들, 취객의 토사물처럼 쌓인 세월의 더께를 씻어냅니다. 은밀한 그 몸짓이 지금까지 항구로 남을 수 있게 했을 겁니다. 나는 듣기만 합니다. 그래도 되는지, 그럴 수 있는지 들여다봐야 할 시간입니다. 천군만마를 받아들일 수 있도록 터를 넓히고 깊은 샘도 새로 파둬야 할 내일입니다. 팔에 힘을 주다 깨어날 새벽입니다.

이별과 이별하기

남해
서신 2

부소암

팽나무 그늘 한 자락 빌리겠습니다. 가슴 눅눅한 천치인 걸 아는지 볕
이 따갑습니다. 보기에도 서늘한 저 바다나 데울 일이지 평생을 널어
말려도 걷히지 않은 물기를 가졌는데 한나절에 해결하겠다는 심사가
야속합니다. 어디 해보라고 가슴을 펴고 앉았습니다. 다 마르면 외려
사막이 됐다고 절망할 만큼 어리석고 허약한 여자입니다.

바다도 잠시 제가 만끽하겠습니다. 힘껏 뛰면 산을 건너 곧바로 빠질
것만 같이 가깝습니다. 막상 산을 내려가 투신할 자리에 도착한다면 주
저할 겁니다. 그러니 여기서 바라만 봅니다. 수평선은 해무 자욱해 경계
가 분명하지 않습니다. 사람의 일도 저와 같아서 반듯하게 가를 수 없
고 좌우를 균등하게 나눌 수도 없습니다. 사랑도 몸과 마음이 얽히고설
키는 실타래이니 정돈할 길 없습니다. 혼돈이 정답이라고 하겠습니다.

무심의 상징이시니 암자도 잠시 제가 주인 행세를 하겠습니다. 보살께서 가꾸신 텃밭 아욱이 무성하고 고추는 애욕이 무르익어 빨갛습니다. 돌무더기 경사가 걱정스럽지만 내 그리운 사람 불러 아욱국 뜨끈하게 나누겠습니다. 봄밤과 비슷한 시월이니 더운 기운이 제격일 겁니다. 새들이나 지나치는 벼랑의 쑥부쟁이 몇 포기 파내서 마당에 심겠습니다. 번뇌를 끊으라지만 저는 아직 사람이 우선입니다. 새벽에 일어나 동녘 하늘을 말끔히 닦겠습니다. 그 사람 달게 자고 무안한 웃음으로 마당에 내려설 때 첫 햇살더러 이마를 비춰달라고 부탁하겠습니다. 종종 기웃거리는 등산객이 있으니 암자의 문을 걸어 잠그고 바람더러도 함구하라 이르겠습니다. 물 부족한 산정이지만 서로가 서로의 마음을 씻어줄 수 있으려니 몸이야 괜찮습니다.

벼랑 안쪽으로 깊숙하니까 올라오면서 알 수 없고 집채보다 큰 바위 뒤라서 보리암 방향에서도 바다만 보이는 자리입니다. 제가 들어설 때부터 고개를 끄덕거리던 멧비둘기에게 편지를 전하라 하겠습니다. 약도야 상세할 것 있겠습니까. 남해 금산이 그대와 나를 위해 마련해둔 자리를 찾았다고 한 줄 적으면 그만입니다. 다음 날 저녁엔 당단풍 같은 손을 흔들며 당도할 사람입니다. 그 사람 산에 들면 내년엔 봄이 한 달은 더 길어질 겁니다. 제게는 그런 사람입니다.

남해
서신 3

베네치아 리조트

마음의 등불만 그런 줄 알았는데 방의 불도 끄지 못하고 머뭇거립니다. 달빛은 창을 열지 않아도 침대까지 밀려들어옵니다. 캄캄하다면 달빛 하나에 의지해 밤을 건너야 할 터이니 현혹되어 그 거리를 방황할 게 자명합니다. 함께 앉았던 자리마다 들려 되짚고 절망하다가 쓴 웃음을 구겨진 냅킨처럼 남겨놓게 될 겁니다.

커튼을 닫아버리면 그만일 것을 한사코 열어놓고 두렵다 웅크립니다. 알기 때문에 모른다 합니다. 등황색 불빛만 가득한 여기 홀로 누워 있다면 독방에 수감된 느낌일 겁니다. 현관으로 달려가 문고리를 열 수 있는지 확인하느라 잠을 설칠 겁니다.

바다는 저만치 아래에 있는데도 솔밭을 거슬러 올라와 흠뻑 적셔놓을 것 같아 두렵습니다. 혼자 왔으면서 혼자 눕기 싫어서 바다라도 나란히 곁에 두려 하지만 다도해의 바다는 그 밤이나 오늘이나 말이 없습니다. 함께 엎어지고 싶게 폭신한 남색 이불로 보였는데 맹목이었습니다. 차가워 뼈마디가 얼어 바스러질 수은으로 보입니다.

시나브로 흐려지는 바깥이 현실인지 창에 얼비치는 실내가 현실인지 분간하지 못합니다. 분간하기 싫습니다. 잠시 뒤면 바깥은 캄캄해지고 창은 먹빛 거울로 변할 겁니다. 실내만 또렷하게 비추며 혼자 누운 나를 내가 바라보게 할 겁니다. 마음도 저와 같아서 하룻밤에 다 지워진다면 쥐고 온 것들을 내려놓을 수 있겠습니다.

밤은 쓰린 자국들 만발하게 해놓고 사라진 당신과 달리 저 혼자 다도해 물거울을 발자국도 없이 지나갑니다. 사랑의 이치를 다 아는 노인처럼 또렷이 실내만 비춰주던 창이 서서히 바깥을 드러냅니다. 새벽이란 뜻입니다. 홀로 누운 침대가 현실인지 아련한 저 바다가 여전 현실인지 분간하지 못합니다. 고질인 줄 알면서도 바다가 현실이라 되뇌곤 합니다.

남해
서신 4

만찬 대신 겸상을

시월의 만찬을 펼치리라/ 건장한 해송들은 협시로 둘러서고 구절초는 부채춤 한 자락 곁들이라/ 손맛 좋은 팔손이와 덕성스런 후박아/ 바다가 지척이니 갓 건진 해물들로 상을 보거라/ 돌멍게 속살로 시큼새콤 입맛 돋우고/ 도미쯤에 얹을 고명은 동박새에게 일러놨으니/ 모아둔 꿀과 별빛을 엮어 오리라/ 저기 분홍 깃발 나부끼며 배가 오누나/ 섬들아 암초를 내리거라 길을 열어라/내 귀한 사람 옷고름이 꽃게무침에 얼룩지지 않도록/ 섬들아 어깨를 펼쳐 바람을 막아서라/ 하늘아 감춰둔 진미가 없을 테니 노을이나 펼치거라

여왕이 되어 내 사람과 한껏 멋 부리고 싶다. 남은 인생을 팔아서 함께할 하루를 살 수 있다면 그리 하겠다. 흥청망청 음식과 술과 노래와 춤이 바다까지 흘러내리는 사치라도 망설이지 않겠다. 남해도島 수목

을 전부 징발해 둘러세우겠다. 다도해를 훑어 진미란 진미는 남김없이 상에 올려놓겠다. 날짐승이 모여 노래하고 해사한 꽃들은 내 사람 등 뒤에서 후광을 이룰 것이다. 줄지어 지나가던 양떼구름이 구경하느라 멈춰 서서 한 덩이로 뭉쳐진대도 우리 잘못 아니겠다.

하루가 기우는 시간이라 나갔던 배들이 돌아오고 그물을 새로 놓을 배들은 서둘러 포구를 빠져나간다. 데려올 사람도, 찾아 나설 사람도 없으면서 나가는 배에는 나를 태운다. 기다림을 담아둔 서랍은 열어 볼 용기도 없으면서 배가 들어올 때마다 눈을 돌린다. 태생이 망설임이고 혈관엔 후회만 흐르는 체질이다. 소반에 해초무침 겸상이면 족하다. 앞머리 추스르며 찌개 한 술 뜨는 모습이면 충만이다. 만찬이고 사치고 무슨 공상이란 말일까.

심장은 한 번도 고르게 뛴 적 없었다. 내일을 다가올 과거라며 시틋해했다. 산에서 바다를 보면 날개가 아쉬웠고 바다에 손을 담그면 아가미가 절실했다. 결국 채워지지 않는 갈망이고 수시로 몸을 바꾸는 울렁거림이다. 그러니 그대들의 현기증도 이해하겠다. 아니, 공감한다고 고백하련다. 시월이라 흔들리고 흔들리니까 시월이다.

ticket
to the sunset

떠나고 싶어. 이 별의 자전과 동일한 속도로 비행하고 싶어. 불청객이
지만 조종석에 앉아서 정면으로 노을을 바라봐야지. 구름 한 점 없는
지역을 지나기도 하겠지. 붉은 바다를 유영하는 물고기가 되어 아가
미가 생겼을 법한 턱밑을 더듬곤 할 거야. 스치는 시간의 흐름을 눈이
아닌 귀로 느낄 수 있겠지. 무언가를 가져갈 거야. 또 무언가를 내게
실어다 줄 거야.

창밖에서 나를 바라보는 존재가 있다면 당신이 신이냐고 물어야겠
어. 신이라면 다시는 상관 말고 비켜달라 소리칠 거야. 비웃겠지. 행
복할 때는 고맙다는 인사도 없었으면서 쓰린 곳이 생기면 어루만져주
지 않는다고 절규하느냐 쓴웃음을 보이겠지. 참을 줄 알면서도 통증
을 가져라가 떼만 쓴 건 기억나지 않느냐 비망록을 들이대겠지. 그래,

난 그런 인간일 뿐이야. 그렇지만 당신에게 내 인생을 의탁하고 싶지도 않아. 사실은 낯익은 얼굴들이 모이기를 기다렸어. 가지 말라고, 가려거든 얼른 돌아오라고 말려줄 목소리들이 아쉬웠어. 떠나고 싶다 중얼거리곤 했지만 두렵다는 고백을 누군가에겐 하고 싶어. 돌아오지 않는 경우는 없다는 걸 알아서 두렵고 혹시나 영영 이 자리에 착륙하지 못할까 또 두려워.

노을이 한껏 불타오르는 시간이야. 다들 발코니 난간에 서서 바라만 보는군. 나처럼 티켓을 구하려는 사람들일 거야. 언젠가 떠나봤던, 무사히 귀환했던 사람들일 거야. 저들도 말이 없군. 이국의 비행장 같은 풍경을 바라보며 여행을 떠올렸다면 그는 체온이 정상인 사람, 다시는 돌아오지 않을 이륙을 꿈꾼다면 체온이 빙점 아래로 곤두박질 친 사람일 거야. 나처럼 이 별의 자전과 동일한 속도로 비행하며 오래도록 노을만 보겠다는 바보는 어디 있을까. 떠나는 것도 돌아오는 것도 생각하지 않고 다만, 저 노을 속으로 날아가고 싶은 바보 말이야.

이별과 이별하기

작별

괜찮다 웃어주고 돌아오다가 울었다.

몰아치는 바람에 모두들 고개를 숙이고 걸었다. 처음으로 겨울바람이
고마웠다. 외투도 주인의 상심을 나눠가졌을 테지만 뒷모습까지 가려
주지는 못했을 것이다. 행복했던 시절에 선물 받은 탓인지 목도리는
펄럭거릴 뿐 얼굴을 숨겨주지 않았다.

젖은 나무가 남은 물기를 털고 있었다. 슬픔은 오래가지 않는 감기 같
은 거라는 뜻이라 생각하고 싶었다. 우묵한 자리마다 빗물이 고여 있
었고 낙엽들은 거기 모여 몸에 물기를 채워보려 동동거렸다. 소용없
다고 말해주려다가 밟고 지나쳤다. 주인은 이미 흠뻑 젖었는데 눈치
도 없이 구두는 물기를 털며 걸음을 옮긴다.

모퉁이가 멀지 않아서 다행이었다. 하마터면 들썩이는 어깨를 보일 뻔했다.

슬픔은 전염되기 쉬운 질병이라서 망설이지 않고 모퉁이를 돌아섰다. 남겨두어도 누구 하나 병들게 할 수 없이 허약한 슬픔이라서 나 혼자만 앓아야겠다고 다짐했다. 내게는 지독해도 상대에게 건너가는 순간 발톱이 빠지고 송곳니가 무뎌지고 절규마저 잦아든다는 걸 안다. 독한 짐승이 봄날의 고양이처럼 변하는 걸 바라보기 싫었다.

돌아오며 잠간 울었다.

불 꺼진 거리는 표정을 지우고 잠든 척하며 나를 외면했다. 골목이 많은 방향으로 걸었다. 여러 번 꺾어지면 내가 흘린 것들이 따라오지 못할 것 같았다. 바람이 그것들을 낙엽과 뒤섞어주기를 기대했다. 멀어지고 있는데 자꾸만 가까워지는 듯한 느낌에 어깨를 움츠렸다. 불길함은 항상 적중한다는 걸 안다.

바깥과 내부라는
거짓말들

카메라 렌즈의 방식이 싫다. 또렷한 하나를 제외한 나머지들의 흐릿함이 안쓰럽다. 앞줄에 섰다고 선명해지는 것도 아니고 뒤라고 해서 영영 배경으로만 존재할 일도 아니니까 누군가는 괜찮다고 하겠지만 싫다. 처음부터 다 보였으면 싶다. 인간의 망막처럼 그려지길 원한다.

인간의 방식도 싫다. 전부를 보는 척 하나만 응시하면서 사랑이라 말할 때 가증스럽다. 선명히 보았으면서 기억하지 못하는 무관심이 절망스럽다. 보이려 애쓰는 몸짓들이 안타깝지만 도와줄 수 없다. 서로가 서로의 내부에 존재하길 원하면서도 어느 순간 상대를 바깥에 둔 채로 문을 닫곤 한다.

그대는 나라는 렌즈의 어디쯤에 존재하는지. 혹시 지나치게 초점거리

이내로 들어와 흐릿하게만 보이는 건 아닌지. 밀착이 외로움을 일으킨 건 아닌지. 어떤 망원렌즈로도 잡아낼 수 없이 먼 거리에서 오랫동안 울고 있는지. 현상해도 먹빛만 흥건한 어둠의 이면에서 홀로 녹슬고 있는지. 접사렌즈로 찍은 꽃의 이파리처럼 협시로는 만족할 수밖에 없어서 슬픈지.

나는 또 그대 시선의 어느 지점에 웅크렸는지. 그대 기억의 어떤 장면에 마음으로만 서성이는 가로등인지. 기다림의 자세를 고쳐 앉지 못하는 벤치인지. 구름 문양에 숨어 있는 티끌로라도 끝내 남아 있고 싶은 욕망 때문에 회색을 마다하지 않고 견디는지. 여기 있다고 손이라도 흔들고 싶은데 겨울만 지속되는 동토의 자작나무인지.

다 싫다. 활자도 그림도 사진도 싫다. 느낌으로만 존재하는 세계를 꿈꾼다. 초점거리가 없어진 오토포커스가 외려 안온하다고 변명하련다. 그대에게서 시선을 거두며 느낌만을 걸어두련다. 기억의 갈피들을 거대한 하나로 펼쳐놓고 하늘이라 부르련다. 맑고 흐려지고 폭설이 다녀가고 작달비가 달려가도 내 의도는 아니라고 회피하련다. 그대 또한 의도한 바 아니게 나를 흐려놓았다고 체념하련다. 그대 탓 아니라 믿고 기별을 넣으련다.

설국이여
비켜다오

우정도, 사랑도 시틋하다. 밤마다 하늘을 덮는 마왕의 검은색 우단 망토도 이제 낡았다. 곳곳에 송송 구멍이 보이고 한 곳은 손가락이 들어갈 크기로 뚫려 있다. 세상을 덮어버리는 마왕이여, 사람의 밤이 궁금해 구멍으로 들여다보는가. 얕은 꿈의 바닥조차 디디고 싶으신가. 차가운 어둠을 어찌 견디는지 애틋하신가. 그럴 리 없다. 지겨워 달아나려는 자들을 감시하겠지. 모반을 꿈꾸는 자들에게 절망이 무엇인지 날마다 보여주는 거겠지. 그러나 자청한 감금이니 걱정 마시라. 새벽이면 그대도 힘을 잃고 스러짐을 내가 알고 벗이 알고 님이 안다.

평소처럼 우단이 덮인 하늘이었다. 맑은 새벽을 기대했는데 마왕은 사람의 예감보다 한 수 위여서 새벽에게 쫓겨 가는 와중에도 마법의 가루들을 뿌려놓았다. 앞마당 소나무 어깨가 허옇다. 뒷산 아까시나무도 여린 팔을 흔들며 털어내느라 분주하다. 시리다고, 백색 침묵으로 유배당하지 않겠다고 손을 맞잡는다. 어느새 제 몸의 어둠을 씻어낸 바람이 달려와 흔들어준다.

바람을 불러 세웠다. 자유롭겠다고 한탄했다. 매인 몸 아니니 그리운 이에게로, 애달팠던 시간으로 달려갈 수 있겠다고 부러워했다. 거리는 포기할 줄 모르는 사람들이 빗자루 들고 나섰으니 나무에 쌓인 마법의 가루들이라도 털어주고 가라고 부탁했다. 바람은 그러마고 대답하며 눈을 감춘다. 매여지고 싶다고, 어딘가 누군가에게 붙들려 꼼짝도 못하는 한평생을 살아봤으면 원 없겠다고 걸음을 멈춘다. 머물고 싶어도 어느새 허공을 맴돈다. 짧게 백 년이라도 그리웠던 사람 곁에 서성거리려 해도 머리칼 한 번 쓰다듬고는 자리를 옮기는 자신을 용서하기 싫단다. 우정에 얽히고 사랑에 얽매인 내가 부럽다고 맴돈다. 어리석은 존재는 사람이라고 회오리를 일으키며 가버렸다. 기다렸다는 듯 마법의 흰 가루들이 목덜미를 찌른다. 세상의 어법으로는 설국이고 내게는 구속의 의미를 뒤집어보는 날이다.

약속

눈이 쌓일수록 가벼워집니다. 폭설로 바뀔수록 날아갈 것 같습니다.

당신에게 달려가겠습니다. 지붕마다 수북한 눈을 봅니다. 더해지는 무게감에 나는 새보다 높이 날고 하늘이 흐려질수록 가슴은 맑아옵니다. 누가 석유를 흰 가루로 변조해 뿌리는지 가슴에 불이 붙습니다. 애당초 불씨를 가진 자에게만 불이 붙는지 뜨겁지는 않게, 꺼지지도 않게 불길이 전신의 근육을 당기고 열 손가락 모두에 지진이 납니다.

길이 지워졌는데도 환히 보입니다. 당신에게로 가는 길은 폭설 속에서 외려 빛납니다. 심해어류의 속도로 유영하는 차량들, 사랑에 서툰 몸짓으로 걷는 사람들 속에서 나 혼자만 비틀거리지 않습니다. 몸은 달리지만 마음은 서두르지 않으렵니다. 뿌리의 속도로 갑니다. 파고

이별과 이별하기

드는 몸짓도 속도를 배려해서 스미는 느낌만으로 전하렵니다.

눈이 쌓여서 절망의 무게도 늘었습니다. 폭설로 바뀌면서 길이 나를 물어뜯는 느낌입니다.

당신에게 갈 수 없다 합니다. 함께라면 지옥까지라도 걸어갈 수 있으련만 나를 당신에게 태워다 줄 차는 오지 않습니다. 미끄러진 버스가 정류장을 들이받고 멈춰버렸습니다. 다리 한 쪽이 부서질 뻔했습니다. 떨어진 파편에 머리가 깨질 위기를 모면했답니다. 빈 방으로 돌아오는 길이 당신에게로 가는 길보다도 멀었답니다. 시샘하던 어둠이 비웃으며 기다리고 있을 겁니다. 비로소 춥고 시리고 미끄러웠습니다.

성재수간도 聲在樹間圖

심전心田 안중식(1860~1924), 1911

샘이 멀어도 오늘은 힘겹지 않습니다. 아궁이가 낮아도 수월하게 불을 지피고 장작도 아끼지 않으렵니다. 더운 물로 몸을 닦고 시름에 겨워 푸석했던 머리까지 새로 틀어 올렸답니다. 산골 거친 찬이지만 귀히 모셔뒀던 접시에 담고 고깃점 없는 상이라도 설운 님과 겸상이니 산해의 진미를 다 모은 것보다 짐벙지게 보입니다. 조급한 마음에 아침부터 이부자리를 내다 널었답니다. 이년의 교성嬌聲을 사각거림이 가려주리라 예감했답니다. 어리석어도 들키고 싶지는 않으니 짐짓 웃음으로만 화답하시면 행복하겠습니다.

－호롱을 켜기 전에는 비단인지 살결인지 구분할 수 없겠구나. 봉긋한 가슴이 예로구나. 오디를 손에 쥔 듯 위태롭게 조심스럽게 희롱하련다. 손길로는 단번에 오를 수 있는데 발길로 당도하기까지의 마음은

태산보다 높더구나. 물미역에 휘감기는 기분이 이럴까. 수줍은 네 다리를 느낀다. 선신에 동백기름이라도 바른 듯 천 길 나락으로 미끄러진다. 두려움을 복어독인 양 계곡물에 풀고 나누어 마시련다. 골반이 풍성한 것이더냐 허리가 잘록한 까닭이냐 엎드린 네 뒤태가 호리병에 다름 아니구나. 불은 때지 않았어도 그만일 것을 삼복이 이불 속에 있구나. 마당의 대나무도 엿듣다 흥이 동했구나. 몸을 부딪느라 야단이구나. 가만, 사립 밖으로 기척이 들린다.

나무가 소리들을 품고 있었습니다. 한 번에 쏟아내면 호령일 테니 우리 움츠러들겠지요. 사랑한다는 죄 아닌 죄로 고개 숙여 들기만 하겠지요. 허나 한 소절씩 흘려준다면 거문고가 이를 따르겠습니까. 퉁소가 넘어설 수 있겠습니까. 다만 그리움에 겨운 이 몸의 탄식만이 가지를 분지를 수 있을 겁니다. 밥 짓는 연기를 핑계 삼아 흘리는 눈물만이 무성한 이파리들을 시르죽게 할 겁니다. 키 큰 나무더러 파수를 서라하고 정인情人이시여, 오늘은 극지까지 함께 올라가고 싶습니다. 애욕에 빠진 잡것들이란 혐의를 쓰더라도 개의치 말고 오늘은 극지까지 함께 가서 만년설을 녹여버리면 그만입니다. 인륜과 도덕까지 휩쓸고 지나가면 우리 손잡고 내려와 저는 찬을 버무리고 그대는 밭을 갈며 나무만큼 오래도록 함께 살고 싶습니다. 엄동에도 장작이 필요 없을 정인이여.

균형과
파산

봄이 예고하고 온다면, 어느 하루를 정해 봄이 들이닥친다면 우리는 당황할까 아니면 반색할까. 겨울이 지겨운 이에게는 반가운 소식일 테고 여전 웅크리고만 싶은 누구에게는 당혹일 것이다. 나가야 하니까, 밖으로 나오라는 전언들이 쏟아질 테니까 사양하다가 권태마저 느끼겠지. 미뤄둔 감정들이 부채負債가 되어 달려들겠지.

양지뜸에 서둘러 몸을 꺼낸 노루귀 사진을 본다. 꽃 지고서야 이파리 난단다. 이파리 올라오는 모양이 어린 노루의 귀 같아서 이름이 노루귀란다. 초식동물의 귀는 두려움의 상징이다. 두려움이란 예민함을 농축한 감정이다. 예민함이란 언제든 달아날 수 있다는 적극적인 수동성이다. 응시하는 것이다. 눈으로 먹거리를 찾는 동안, 목숨을 부지하기 위한 저작咀嚼에 열중하는 동안 귀로 응시하는 일이다. 감정의 장사꾼을 자처하면서도 나는 어느 것 하나 온전히 팔지도 못하고 겨울을 보냈다. 값나갈 만한 무엇도 사재기하지 못한 채로 봄의 문턱에 걸쳐 있다.

희망은 두려움과 한 몸이다. 두려움의 질긴 섬유질이 한 가닥씩 풀어져 명지바람에 날리며 이마를 간질일 때 희망이라 부른다. 간절한 무언가가 또렷하다면 소망이라 구분한다. 내 안에 재고로 그득한 두려움과 희망의 균형을 생각한다. 선입선출할 계획성도 없고 대차대조로 가늠할 명민함도 없으니 그대와 나 사이 감정의 무관세지역을 꿈꾸곤 한다. 그 경계 안에서는 희망도 그리움도 열망도 모두 같은 눈금을 매기자고 약속하고 싶은 거다. 불면을, 당혹을, 두려움을 관세로 지불하지 말자는 협정이다. 농도도 무게도 시간까지도 한 줌씩 선물하고 맞바꾸자는 제안이다. 서툰 장사꾼이어서, 적자만 지속하다가 감정의 자본을 다 들어먹을 것만 같아서 엄살 아닌 엄살로 봄을 맞는 저녁이다. 혹시, 그대도 다 털리고 빈손을 흔들고 있는 것은 아닌지. 무관세지역에서 만나자는 손짓을 이젠 안녕이란 이별의 신호로 착각하고 절망하는 나는 아닌지.

이별과 이별하기

천마
종

비탈을 거스르며 자작수피를 모았어요. 조심스레 뜯어도 허망하게 부스러지는 모양이 한 시절 인연과 다를 바 없죠. 귓등을 스치던 호흡이죠. 흐트러진 귀밑머리 한 올이죠. 마른 껍질을 손에 쥐었을 때 사각거리는 소리는 당신 처음 오신 날 함께 덮은 홑청을 떠올리게 만들죠.

그러니까 당신, 내가 말을 다 그리면 타고 떠나신단 말씀이죠. 말은 그려도 날개는 그리지 않겠어요. 아녀자 걸음으로 달리는 말을 어찌 이기겠습니까만 가신 길이니 평생이라도 뒤따르는 걸음을 늦추지 않을 겁니다.

그러니까 당신, 나 몰래 날개를 그렸군요. 가시려면 당장 가시라고 소매가 젖도록 눈물바람으로 자작수피를 배접했는데, 서러움도 힘이 되는지 사흘 밤을 새우며 그렸는데, 까무룩 혼절하듯 새우잠에 빠진 사이 날개를 달았군요. 날아오르면 따라갈 방도도 없는데 먹장구름이 자취마저 막아서고 지워버리면 어쩌란 말씀인지요.

천마가 날갯짓할 때마다 깃털이 쏟아질 거여요. 그만 가시라고, 돌아오시라고, 함께 죽어버리자고 지상의 길로 뒤따르며 원망할 거니까요. 잊으라고, 망각은 흰색이 어울린다고 천지를 덮어버리겠죠. 후대의 사람들은 함박눈이라 이름 짓겠죠. 속사정도 모르고, 애통도 알지 못하면서 함박눈 내린다고 자란자란 웃겠죠. 사소한 이별을 겪은 누군가가 하늘을 보며 눈물도 흘리겠죠. 슬픔의 첫 솔기가 여기 있음을 아무도 누구도 모르겠죠. 나의 첫 당신, 내 손으로 말 태워 보내드린 당신, 그러니까 당신.

혼자 가는
시월

탄다는 말은, 봄이라면 울렁거림이죠. 전신의 피가 들끓어 아지랑이
보다 진한 현기증을 느끼는 일이죠. 탄다는 말은, 휘청거림의 시작이
랍니다.

탄다는 말도 가을이면 단풍 들어 앓는다고 해야 옳을 일이죠. 베갯모
에 스며든 별사別辭가 밤마다 들립니다. 언젠가 둘이 눕기에는 조금
작은 것 아니냐고 웃으며 당신과 함께 샀죠. 편백나무 조각으로 속을
넣은 베개의 향기 덕분에 언제나 새벽이었죠. 등을 대고 누웠다가도
어느새 마주 눕게 만드는 향기였죠. 남해 어느 포구의 부부처럼 늙고
싶게 만드는 향기였죠. 나란히 누웠을 때는 아무런 소리조차 들리지
않더니 한쪽을 베고 빈자리를 보면 천리만리보다 멀고 멉니다. 뒤척
일 때마다 세상 무너지는 소리 들립니다. 주고받았던 약속들이 부스

러지는 소리가 버거워 솜 넣은 일인용 베개로 바꿨더니 먹먹합니다. 고압선 우는 소리만 들리네요. 웅웅거리는 소리에 몸이 가라앉고 떠오릅니다. 내게만 느껴지는 소란스런 침묵이죠.

꽃은 문득 피어납니다. 서서히 꽃잎이 열리는 양귀비는 느린 폭발이고요. 단풍은 얼마나 오래 견뎠는지 우리가 알죠. 붉어지기까지의 땡볕과 폭우와 바람을 견뎠기에 꽃보다 아름다운 것이죠. 단풍처럼 견딘 당신의 얼굴도 맑고 슬펐답니다. 견디다 떠났기에 잡지 못했던 밤입니다. 사금파리를 맨발로 밟고 갔기에 시월은 저리 붉은 거겠죠.

탄다는 말의 속뜻은 태운다는 거랍니다. 애를 끓이는 일이죠. 연기가 없어 머나먼 당신이 나의 분신焚身을 알아보지 못하는 거 아닐까요. 그을음도 재도 남지 않아 다급히 달려와도 흔적조차 찾을 수 없는 절망입니다.

봄을 탄다며 꽃에게 고개 숙이는 사람들, 가을을 탄다고 나무 아래 서는 사람들 사이에서 나는 당신을 탄다고 중얼거렸답니다. 그건, 나를 태우는 일이기도 했다고 돌아서며 울었죠. 언제 다 타는지 알지 못한다고, 알고 싶지 않다고 주저앉았죠.

탕진

다 들어먹었으니 바다에 나가 울어야겠네. 순금이라 확신했던 청춘이 빛을 잃어 버짐 핀 행색이네. 술값이나 달라고 내미는 손을 잡아주지 못하겠네. 도무지 다듬어지지 않는다는 풍문이 돌 때마다 금강석인 까닭이라고 자만했네. 단단하기에 소중하다고 착각했네. 창에 비친 나여서 뺨을 갈기지도 못하고 돌아서네. 돌아섰다가 이내 다시 등을 돌리네. 어쩔 거냐는 질문에, 어쩌면 좋겠냐고 반문하네.

창밖 노을은 스스로를 탕진하고 있네. 내일 또 그득해질 일인 줄 알면서도 남김없이 태우네. 매일이 처음이고 저녁마다 최후이네. 타지 않고 연기만 내는 희나리구름, 밑동이 벌건데도 꿈쩍 않고 버티는 구름, 저만치서 망설이는 겁쟁이구름들 사이로 붉음이 번져 오르네. 수면마저 물들여놓았네.

탕진이라 써놓고 연소라고 인정하네. 재도 남기지 않는 완전연소라고 부러워만 하네. 내 청춘 절반이나 태우고 꺼지는지 되돌아보네. 창을 여는 순간 바닷바람이 뺨에 스치네. 꺼지지 않았으니 보태겠노라고 손길에 힘을 주네. 언제나 시작일 뿐이니까 두려움 없이 가라고 정수리에 냉기를 붓네. 수면에 비친 불길은 허상이라고 서둘러 지워버리네. 노을도 매일 상영되는 영화일 뿐이라고 장막을 치네. 시나브로 지워지는 바깥과 반비례로 창에 비친 얼굴은 선명해지네. 혼자 남을 일임을 아는 등대만 반짝거리네. 바다에 나가 울어야겠네. 처음과는 다른 이유로 울어야겠네.

백 설
유 감

불빛 안으로 들어와 머뭇거리다가 내려가는 눈송이들이
밤하늘에서 묻은 어둠을 털어보려는 몸짓들이
태생이 백색인 것을
사랑이 시작하는 순간부터 낡아가는 것처럼
태어나는 순간 오염까지도 숙명인 눈송이들이
골목을 배회한다. 언제든 환영받는 손님인 듯 모든 영혼을 두드린다.
골목은 고요하게 소란스럽고 먹빛에 금이 간 하늘은 현기증만 가득하
다. 잠들지 못하는 도시의 밤에 잠들지 말라고 웅성거린다. 잠깐 나와
보라고, 먼 길 달려온 애인처럼 창을 기웃거린다.

이력서에 골몰하는 늦깎이 청춘의 어깨를
칭얼거리다 잠에 빠진 어린 것의 볼거리를

까무룩 옆에 잠든 젊은 어미의 팔을
손님 끊어진 구멍가게 불황의 차양을
한 번도 제 얼굴을 확인하지 못한 반사경의 안색을
어루만진다. 소리 없는 소리로 무수한 울림으로 내부로부터 떨림이
번져 나올 때까지 멈추지 않는다. 겉마른 땅도 디디고 또 디디면 물이
올라와 흥건해지지 않더냐고 두드린다. 커튼 닫고 잠 속으로 달아나
야 할 밤이다. 돌아눕는 것 외에는 속수무책인 밤눈이다.

눈은 제 흥에 겨워 내린다. 제 사정대로 내린다. 기다려도 오지 않다
가, 잊고 돌아서는 등 뒤로 내린다. 이제 필요 없다고 밀쳐도 품을 파
고든다. 기별이 올지도 모르니 먼 먼 거기에나 퍼부으라 부탁해도 들
어주지 않는다. 이제 그만하자고 사래질 쳐도 떨어지지 않는 정인 양
전신의 통점에 엉겨버린다. 잡아도 뿌리치는 사랑처럼, 두렵다고 도
리질해도 부득불 다가서는 인연으로 천지간을 메운다. 잠깐일 거면
서. 언제 그랬냐고 사라질 몸짓이면서.

기혼

대낮은 죄를 감출 수 없는 시간입니다. 그림자란 벗겨지지 않는 수의囚衣라서 종일 매달고 다닙니다. 떨어질 듯 질질 끌리다가, 감형이라도 받을 듯 짧아지다가 이내 길고 긴 죄목을 드러냅니다. 번민이 안감을 이루고 참혹이 솔기를 되짚어 박음질하고 후회가 날카롭게 깃을 세웁니다. 헐거운 것 같아도 맞춤입니다.

낮은 돌아섰고 밤은 도착하지 않은 허공의 틈을 노을이라 부릅니다. 낮의 단호함과 밤의 막막함 사이에 존재하는 체위란 마음 접힌 연인을 억지로 포옹하는 일입니다. 두 감정이 섞이면서도 용해되어 하나가 되지는 않기에 열기 없이 시큰하게 붉어질 뿐입니다.

오늘도 어김없이 사위가 붉어졌습니다. 모두가 수의를 하늘로 던져버리고 새롭게 지으러 어디론가 몰려가는 시간입니다. 하늘은 날아올라간 수의로 캄캄 자욱하고 거리는 음원音源을 구분할 수 없게 소란스럽습니다. 아무도 수심을 물어봐주지 않아서, 너도 그러냐고 서성거리지 않아서 강은 먹빛입니다. 나도 죄를 키우기 위해, 형벌을 예치하기 위해 달려가야 할 것만 같은데 공연히 뒤를 돌아봅니다. 함께한 아침이면 한 뼘 더 길어졌을 죄목을 예감하며 머뭇거립니다. 길 놓친 나를 종일 바라만 보던 가로등이 눈에 불을 켜고 장님을 자청합니다. 자신은 모르는 일이라고 당신에게로 가는 길을 비추기만 합니다.

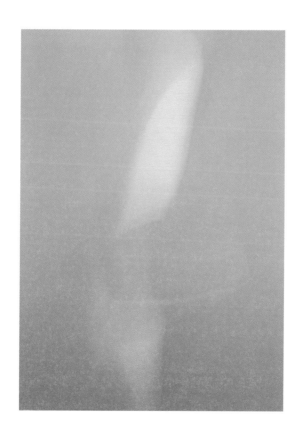

이별과 이별하기

설맹

당신밖에는 보이지 않네. 당신만 보고 살았던 까닭이라 힐난한다면 수긍하겠네. 습성이 천성으로 깊어지고 끝내는 숙명으로 굳어버려 나 이제 바꿀 수 없겠네. 당신 없으니 보이는 것도 없어 눈이 먼 셈이네. 풍경이 지워지고 햇살도 폭설도 보이지 않네. 얼음장 우는 소리가 실패한 나를 데려가려는 천군만마의 발굽소리로 들리네. 기꺼이 무기수로 영어圄圄의 몸이 되겠네. 수의囚衣엔 당신 이름을 새겨 넣겠네.

담장도 가시년출도 없는 감옥이니 탈옥이라 할 것 없네. 앉은 곳이 독방이고 걷는 자리가 마당이네. 눈밭을 떠돌아야겠네. 설원을 지나 빙하를 건너 오르고 더 올라 겨울 산 정상에 서야겠네. 작열하는 태양과 반사광을 응시하며 남은 생을 소진하다가 어느 노을의 두드림에 울컥 마음이 출렁거리면 내려오겠네. 청맹과니가 되어 평지를, 거리를 떠돌겠네. 찾을 수 없는 사람을 수소문하며 풍문 한 조각이라도 손에 쥐는 날은 빙판 위에서도 달게 자겠네. 그깟 사랑 때문에 눈이 멀었느냐 비웃는다면 태초의 감정이 존재하는 곳을 찾아다니느라 설맹雪盲이 됐을 뿐이라고 항변하겠네. 치료제도 없고 치료할 마음도 아니라고 단언하겠네. 단 한 번만 그리하고 침묵하겠네.

2부

이별을 감추고, 남자는 혼자라고 말한다

염원

사랑할 수 없다면
집으로 들어가다가 돌아서 뛰어오던 구두 소리만은
반월을 넣으면 꼭 맞을 허리 곡선만은
저예요, 하는 전화기 첫 음성만은
동그란 숏컷, 만져보고 싶은 머리칼만은
자란자란 초가을보다 먼저 깊어지는 눈빛만은
남겨주기를, 앗아가지 말기를

사랑해도 된다면
창밖으로 환한 늦여름 햇살의 목덜미를
소음 사이로 허공의 결을 찾아 다가오던 허밍을
팔랑거리는 흰 레이스와 볼우물을

스치기만 해도 나를 진동시키던 천상의 종鐘, 두 가슴을
그득한 목록 뒷장에라도 추가해주기를

사랑해야 한다면
별빛도 물러지는 팔월의 습기만은
내 익숙함이라는 수표에 권태라고 이서裏書한 네 예민함만은
너 없는 공원에서 내 뺨을 갈기던 바람의 팔꿈치만은
우울의 각질들과 불면이 오염시킨 새벽의 푸른빛만은
지워주기를, 외면해도 된다고 허락하기를

이별해야 한다면
망막에 각인된 모두가, 몸이 기억하는 전부가
베개에 남겨진 너의 머리 자국이
손가락에서 맴놀이 하는 너의 체취가
거짓말처럼 사라진 후에나 받아들일 것
쿵,쾅,쿵 부정맥이 된 나의 심장이 온전해질 때까지
한사코 거부하고 다시 거부할 것

뫼비
우스

하루면 충분하다. 파탄내고 떠난 사람이 엎지른 한탄과 원망의 먹물이 세상을 뒤덮고 있다. 어둠 속에서도 시간이 가고 여명은 온다. 타인처럼 머뭇거리며, 지인처럼 익숙한 속도로 세상은 밝아진다. 잘 기억해두라고 악마가 동쪽 하늘에 붉은 망토를 펼친다. 사랑이 엎어지고 뒤틀리고 깨지는 동안 비웃기만 하더니 다 잊은 듯 객지의 첫날처럼 맞이하는 아침에 던져준 선물이다. 춥다. 전화기에 대고 소슬함을 아느냐고 묻고 싶은 사람이 있다. 여름에 만났으니 미처 경험할 수 없는 일이었지만 그날 이후로 나 혼자 소슬함을 친친 감고 견뎠다. 사랑, 하루면 충분한 착란이었다.

하루면 충분하더라도 가을 하루여야 한다. 서늘하고 뜨겁고 다시 차가워지는 하루 말이다. 여름날 사랑을 기억하는 안개가 낮은 곳으로 모여들어 수런거리는 등 뒤로 해는 솟아오른다. 안개의 회상을 밀쳐버린다. 지나간 사랑, 깨진 사랑은 음습이고 만취이며 오류일 뿐이냐고 반문할 틈도 없이 한낮이 시작된다. 여름으로 착각하게 만든다. 소매를 걷으며 정맥의 갈래들 위에서 너를 기억한다. 남자의 핏줄에는 스포츠카와 립스틱과 술과 담배연기가 함께 흐를 것 같다던 농담을 떠올린다. 네 손가락이 내 팔뚝의 정맥을 따라 올라오는 잠간이 내게는 천국의 천 년이었다. 바람은 빙하의 내리막을 타고 온 듯 차갑게 저녁을 몰고 온다. 실패를 상대 탓으로만 돌리는 패거리인 양 불량하게 뭉쳐진 구름 사이로 노을이 번진다. 평생도 하루같이, 하루를 평생처럼 사랑할 일이었는데 나는 열정만 넘치는 바보였다. 하루면 시작과 끝이 충분할, 하루라도 흠뻑 젖어버리면 그만인 사랑이다. 너는 나 없이 남쪽 어느 잔디밭의 잔광殘光을 줍고 있는가. 기억해두라던 악마의 비웃음을 떠올린다. 아침놀과 지금 불붙은 저녁놀이 서로 맞물려 있음을 이제야 안다. 시작이 끝이고 끝이 시작임을 반복이라 말하지 않겠다. 사랑에 반복은 없으니 악마여, 그대가 승리했으나 나 또한 패배하지 않았다. 어느 하나도 같은 사랑은 없다.

　　　이별과 이별하기

이별과 이별하지
못하면

환하다. 이 찬연함이라면 나 하나쯤은 용서해줄 것 같다. 죄 짓고 싶다. 천지간에 흥청거리는 이 빛을 둘둘 말아 감췄다가 극야極夜가 지속되는 고위도 지역에 팔아먹고 싶다. 거기도 어두운 거리를 혼자 방황하는 청춘이 있을 테고 사람을 잃고 스스로를 유폐시킨 실패자가 있을 테니까 그들에게 남은 인생의 조각과 맞바꾸자 하고 싶다. 악마보다 치명적인 감언으로 꼬여내겠다. 악마도 배우러 올 환영을 보여주며 네 인생은 허섭스레기에 불과하다고 후려치겠다. 아등거려야 별것 없이 끝난다고 겁박하겠다. 네모지고 세모이고 때론 둥근 그들의 조각들을 그러모아 내 인생의 얼룩들과 바꿔치기 하고 싶다.

환해서 부끄럽다. 지은 죄가 겹겹이라 환한 곳에 드러내기 두렵다. 사랑을 잃은 허방은 바다를 퍼다 부어도 채워지지 않고 사람 하나 일어선 자리는 히말라야를 거꾸로 세워도 메워지지 않았다. 포기하듯 마음대로 해보라고 들이댈까 싶을 만큼 날은 환하다. 성심을 다했지만 당신이 원하던 게 아니었을 뿐이라고 변명하련다. 말해주지 않았으니 몰랐던 거라고 소리 지르면 그만이지 싶다. 처음이라 욕심만 앞세웠으니 이해하라는 눈빛이면 되는 줄 알았다. 서툴렀다는 변명과 이제야 알겠다는 다짐 따위는 치료제가 아니라 거즈에 불과함을 깨닫지 못했다. 내 안의 환했던 것들까지 전부 날아갔으니 날은 더욱 환하고 나는 암흑이다.

환하던 하늘에 먹장구름이 몰려온다면 내 탓이다. 흐려진 하늘이란 컴컴한 내 죄가 번져 올라간 까닭이려니 당신이 나를 비난한다 해도 달게 듣겠다. 당신이 마지막까지 원망할 사람이 나라는 풍문을 듣더라도 서운하지 않겠다. 당신이 머문다는 곳에 폭우가 내릴 거라는 예보를 듣고도 우산 걱정을 하지 않던 저녁이 있었다. 거기 다녀온 사람이 한파가 극심하더라는 말을 하는데도 목도리 하나 사주지 않았던 나를 책망하지 않았었다. 이 아름다운 봄날이 흐려지거든 이 텁텁한 사내를 탓하시라. 오후마다 동풍이 심해지거든 자발없는 사내가 여전 죄를 씻지 못한 까닭이라 넘겨주시라. 봄은 짧고 죄는 기니 해마다 반복되어도 잊어주시라. 이제는 그 벤치에 혼자 가지 마시라. 다시는 길어지는 그림자를 돌아보지 마시라.

과식해도
괜찮아

부드럽기로야 묵이 있다만 이건 왠지 어머니의 고단함이 쌉싸름하게 올라온다. 시큰한 봄날의 게으름으론 두어 번 씹어야 하는 것도 귀찮다. 걸망 메고 비탈을 올라가는 어느 노인네의 뒷모습도 흔들린다. 오죽 인간들이 극성을 떨었으면 다람쥐가 제 것을 가져가면서도 황망하게 서두르겠는가. 말랑한 피부를 새끼손가락으로 슬쩍 눌러보고 싶다. 잘게 자르기 전에 통째로 혓바닥을 대보고 싶다. 청포묵은 허연 듯 말갛고 도토리묵은 황갈색이다만 왜 분홍색 묵은 없는가. 농밀한 살구색 묵이 있다면 썰어내는 모양도 지금처럼 단순하지는 않았을 거다. 어쨌든 묵은 홍어애보다 한 수 아래다. 여차하면 마초처럼 숟가락으로 퍼먹을 수 있잖은가. 접시에 담긴 홍어애를 숟가락으로 떠보라. 촌놈소리 듣는다. 한 번에 여러 점 먹는다고 지청구나 들을 거다.

물큰하기로야 딸기꽃 달콤한 봄밤이 최고다만 무거운 딸기밭을 들고 다닐 수 없는 노릇이고 보면 역시나 홍어애가 제격이다. 접시에 담긴 그걸 맛보려면 껍질 벗긴 포도를 집는 것보다 더 세심하고 부드러운 힘이 필요하다. 젓가락으로 집는다기보다는 아래로 넣어 슬쩍 들어 올리는 동작이라 하겠다. 부러질 듯 휘청, 내게로 다가오는 홍어애를 생각해보라. 왜 있잖은가. 브래지어 후크를 풀려할 때 그녀가 화답하듯 허리를 비틀며 들어주는 동작 말이다. 홍어애가 딱 그렇다. 맛이야 새삼 언급할 새도 없이 침이 고인다. 미끄러지듯 그녀의 귓불로 옮겼다가 다시 입술로 돌아왔을 때 전해지는 비릿함이야말로 홍어애의 맛이다. 키스라는 화제만 나와도 아는 척 비릿하다 말하는 자는 키스를 책으로 배운 거다.

생의 떨떠름한 맛만 있는 묵도, 서글픈 이별의 비린 맛 홍어도 싫다. 역시나 여인의 가슴이 봄밤에는 제격이다. 홍어애만큼 선연한 분홍은 아니다만 세상의 무지개가 거기 다 들어 있다. 그대여, 나를 허락하겠는가. 양기가 뻗쳐 걸신들린 사내의 허기가 예의를 미처 다 차리지 못하더라도 우리는 짐짓 눈웃음으로 받아주겠거니 믿는 사이다. 그대의 가슴을 두고 천도天桃니 수밀도水蜜桃니 떠드는 자들은 시를 너무 많이 읽은 후유증을 드러낸 거다. 다 필요 없으니 이 밤, 봄비가 심방과 심실을 두드려 피를 한 곳으로 몰아대는 이 밤에 그대의 허락을 기다리노라. 남녘의 벚꽃 소식이 올라오느니 어쩌느니 엉뚱한 다리나 긁는 이 사내의 수작을 고운 눈흘김으로 넘겨주겠는가.

갈망

살아온 대로는 후생의 인연을 장담할 수 없으니 선업을 이루리라. 꽃병에 홀려 자발없이 방으로 들어온 꽃등에는 풀밭에 놓아주고 아닌 척 반대방향을 바라보며 아랫배를 부비는 나비 한 쌍을 보면 뒤꿈치들고 지나가리라. 결단코 그 은밀한 체위를 훔쳐보지 않으리라. 분명 둘인데 하나로 엉긴 그림자가 있다면 저녁마다 나가던 공원이라도 포기하리라. 짧은 치마 아래로 쭉 뻗은 고탄력 스타킹이 가로등에 반사되는 골목은 얼른 앞서서 지나가리라. 그녀의 종아리를 따라 걷지는 않으리라. 이러면서 한시도 당신이 악업을 쌓게 해달라는 기원을 중단하지 않으리라.

당신은 악업을 태산보다 높게 쌓으라. 선량한 사람이라 남보다 몇 곱절을 더해야 악해질 수 있으려니 나와 지옥에서 만나려면 악행을 반복하라. 나란히 앉고 싶어 자리 바꿔달라는 연인을 만났을 때 양보하지 마라. 온천에 들어앉은 것처럼 안온한 러브 스토리였더라도 연애에 빠진 친구가 묻거든 시간 아까운 영화니까 절대 가지 말라고 잘라버려라. 고민하는 이에게 그만한 사람 흔하다고 술을 부어주라. 이 자리에서 끝장내라고 전화기를 건네주라. 인연은 자동생성되는 로또 번호나 마찬가지니 인생을 걸면 망한다고 눈에 힘을 주라.

그리하여 나는 살아온 결과로 당신은 악업의 응보로 우리 지옥의 연인이 되리라. 캄캄 허공을 잉걸로 추락하면서도 끝끝내 심장은 남아 지상에 도달하는 운석처럼 우리도 윤회의 수레바퀴에 손목을 걸고 억겁을 돌아 어느 날인가 서로의 생에 움푹한 자국이 되리라. 당신을 차지하려 선업을 쌓은 나는 봄볕의 온도로 당신을 바라보리라. 평생을 지내도 소진되지 않을 크기려니 오래도록 사랑의 숙취에서 벗어나지 않으리라. 기꺼운 감옥이리라. 영문도 모르는 당신은 시틋하다가 다만 익숙해지리라. 견딜 수 없었던 갈망 때문에 당신을 현혹한 나는 남은 윤회 전부를 지옥에서 보낼 것을 예감하지만 두렵지 않으리라. 처음이자 마지막인 지금을 당신과 함께 흘러가리라. 노을을 볼 때마다 지글지글 타버릴 내 육신을 떠올리면서도 발그레한 당신 볼우물만은 못하다고 장담하리라.

하루만이라도
편해지고 싶을 때

구름은 신이 준 거울이다. 뭉게구름 둥그런 하나가 온통 그니의 얼굴로 변하는 걸 본 적 있다. 그러니 구름은 신이 준 거울이고 신이 준 거울이라서 내가 비춰지는 게 아니라 내 갈망이 투영되는 거다. 그대들은 그런 적 없나. 아니 있었는데 알아채지 못했던 건 아닌가. 신이 손쉽게 주는 건 없으니 나도 흘려버린 선물이 있었을 테고 공짜로 넘기지도 않으니 기미도 채지 못했던 신호가 많았을 거다. 그래서인지 청춘은 팍팍했고 해야 할 일들을 망쳐버렸고 주변 모두를 힘들게만 했다. 무엇보다 아둔한 내가 제일 고달팠다.

사랑하는 이의 얼굴은 신호들이 모이는 계기판이다. 또한 눈빛으로 상대의 감정을 흔들 수 있으니 스위치도 된다. 내 입술로 상대의 혈류를 최대치까지 올리기도 하니까 이런 경우는 내 입술이 밸브이고 펌

프다. 서로가 서로에게 신호를 보내고 그중 얼마는 받아내지 못하고 서로의 전신이 스위치가 되고 때로는 고장 나기도 한다. 그대들은 상대의 둔감함에 절망한 적 없나. 그대들은 진정 예민한 스위처라고 자신할 수 있겠나. 바람에 실려 오는 비 냄새를 아는가. 그니가 움츠릴 때 단지 추위 때문이라고만 생각한 건 아닌가. 스스로 손수건을 꺼내는 경우와 손수건을 건네줄 때까지 뚝뚝 눈물을 떨구는 차이에 대해 생각한 적 있는가.

커피를 기다리며 빨간 점멸등을 보지 못할까 봐 진동 기능까지 추가한 호출기를 본다. 누가 내게 이런 신호기 하나 달아줬으면 좋겠다. 속눈썹 한 가닥 흔들리는 파동까지 내게 전해질 수 있으니 불안하지 않겠다. 전부를 만끽하는 듯 행복하겠다. 때론 빙하이고 종종 mute 상태로 잠수하는 그니에게 하루만 이런 장치를 할 수 있었으면 좋겠다. 절절한 내 마음이 그 안에서 빨간 신호등이 되고 견딜 수 없는 갈망이 진동으로 전해질 테니 방긋 웃어주지 않겠나. 동시에 진동하고 빨간 점멸등 전부가 반짝인다면 둘은 감전된 기분 아니겠나.

잠시만 기다리면 깜박이며 부르르 신호를 보낼 텐데 참지 못하고 두어 번 바라보곤 한다. 이렇게 정작 예민해야 할 일들은 무심하고 잠시만 기다리면 될 일에는 조급하게 산다. 비 냄새를 알지 못하니 우산을 챙기지 못하고 허둥대며 짜증까지 내는 거다. 하루만 이런 장치를 가졌으면 좋겠다. 매일 이렇다면 싫증나겠지. 갈망과 불안이란 쓰라려도 해소되는 순간 소급분까지 지급되는 달콤함 아닌가. 혹시나 여자는 다양한 스위치를 가졌는데 남자는 단 하나라서 단순한 존재라고 생각하지 말라. 남자의 그 하나는 모든 기능이 집약된 조그셔틀Jog & shuttle이란 말이다.

이별과 이별하기

봄은 안단테,
안단테

언제라고 확답하지 않았을 뿐 깨져버릴 약속들이다. 빛깔도 저 혼자, 오는 날도 저 혼자 결정했으니 기다리는 일만이 나의 문장이다. 기다림의 배후들도 내 수사修辭이다. 캄캄한 허공이 커피 같다. 꽃잎들은 각설탕처럼 쏟아지지만 녹아들지 않는다. 물집이 잡히도록 걸어도 달콤해지지 않는 것이다. 만발한 벚꽃을 향해 신발을 벗어던졌다. 나를 야만인이라 힐난하는 당신의 미간으로 번개가 지나갔다. 대답 대신 웃음을 꺼내들고 신발이 떨어진 자리까지 절룩절룩 뛰어갔다. 시선이 등을 관통하는 것 같았다.

꽃이 어디 바람 때문에만 떨어지던가. 단지 비 온다고 황망하게 허물어지면 그게 꽃인가. 그러나 사나흘 뒤면, 바람살 심해지면 와르르 무너질 거라서 핑계 하나 만들어주었다고 했더니 사내가 그리 심약해서 어디 쓰겠냐고 눈을 감췄다. 메워주겠다는 호의인지 쐐기처럼 벌리겠다는 적의인지 당신과 나의 버름해진 사이로도 꽃잎은 떨어진다. 어깨의 몇몇을 털어줄까 하다가 그만두었다. 꽃잎이야 털어낼 일 아니다. 옷깃의 머리칼을 떼어내느라 당신이 다가섰을 때 내 전신으로 번지던 향기가 생각났다.

그래, 나 쓸모없는 사람이다. 조금 더 쓸모없어지면 좋겠는 사내다. 세상이 날 외면해주면 나는 오롯이 나의 것이라서 내가 쓸 수 있겠다. 그런 나를 붙들고 놓지 못하는 당신에게도 신발을 벗어던져 야만인 소리 들을까. 당신에게도 핑계 하나 만들어줄까. 붙잡을 틈도 없이 저 혼자 무너지더라고, 폐허를 서성이다 돌아왔노라고 변명할 수 있게 해줄까. 당신에게 신발을 벗어던지고 나는 조금 더 쓸모없어지고 또 다른 벚꽃이 질 때마다 혼자 절룩이며 봄을 건널까.

변온

세면기 가득 채운 온수에 손을 담근다. 거울 속 낡은 사내가 나를 바라본다. 애틋한 눈빛과 경멸의 입꼬리가 서서히 왼쪽으로 꼬이며 금禁 줄처럼 목을 조인다. 숨이 막힐 것 같은 순간에 고개 숙인다. 얼음 박힌 듯 손은 여전 차갑다. 백 년 동안 빙하에 짓눌렸는지 냉기가 빠지지 않는다. 변온變溫의 습성이 생긴 것일까.

나비를 보고 온 저녁이다. 만발한 여름 꽃밭을 낮게 날아다니더라. 꽃들이 가까이 보일 높이로만 고도를 유지한다. 알록달록한 그 사이를 즐기느라 나비는 저공비행하는 거다. 덜어내야 할 만큼 체온이 달아올라서 닿을 듯, 손이라도 잡을 듯 당장에라도 몸으로 누를 자세였던 거다. 지난 밤 어둠 속에서 떨어지는 체온이 불안했을 것이다. 여명을 지나 아침햇살에 몸을 데웠을까.

꽃을 외면하고 태양 가까이 날아오르는 나비를 보았다. 짝을 잃고 꽃마저 시틋해지고, 서늘한 체온을 올리려는 몸짓이었을까. 본래가 구불거리는 비행법을 가졌는데도 현기증으로 다가온다. 당장 저 높이까지 올라가 몸을 데워야 할 터인데 높아지다가 다시 낮아지는 순간 바라보던 마음을 놓친다. 천 길 나락으로 떨어지는 것만 같다. 방황하는 몸짓이라고 내 마음도 거기 얹었다. 체념하는 순간이 잦았을 거라고 함께 가라앉았다. 당신을 잃고 높은 곳에 올라가 오래 울었던 적 있다.

잘가라 해놓고
기다리는

만나자 약속한 날은 내일이어서 당연 혼자 자야 하는 밤인데 옆자리가 허전해 허수아비처럼 팔을 벌렸다가 엎드려 한쪽 무릎을 구부렸다가 애먼 베개를 꽉 끌어안고 돌아눕는 밤을 지나는 동안 어둠은 풀벌레 소리와 함께 버무려지고 농도를 더해 계곡 물소리에 실려 산을 내려가는데 방죽에 핀 연꽃이 속살을 가만가만 남몰래 씻다가 들키기라도 한 듯 황급히 오므리느라 이슬 몇 방울 떨어트리고 거기 놀란 송사리 떼가 선잠을 깨서 화르르 수면을 어지르며 흐트러지는 것처럼 마음이 그리 흩어졌다가 숨었다가 어느 한 곳으로 몰린다 싶어 바라보면 여지없이 거기 당신이 있는 새벽을 청도 우록리 어느 펜션에서 맞았습니다.

약속한 날도 아니라 했지만 사실 약속한 내일을 앞에 두고 더는 만나지 말자는 문장 몇 줄을 가시관처럼 받아 읽은 저녁이었으니 만날 수 없는 내일은 오지 말아야 할 시간이고 와야 한다면 내게는 없는 시간이기를 원하고 또 원하는 심사가 하늘에 닿아 산이 키를 높이고 먹장구름이 겹겹 동녘을 장막으로 둘러쳐 이대로 영영 어둠만 지속되는 오늘이었어야 했는데 새벽이라서 눈을 뜬 게 아니라 덜컥 잠을 놓치는 바람에 들이닥친 새벽에 우두커니 어지러운 침대에 혼자 앉아 이별의 날을 감당하기 막막해 창을 열고 냉기에 머리를 식히다가 돌아서는 순간 버려진 사내의 냄새가 무릎의 힘을 빼앗아버렸으니 다시 주저앉아 당신과 보내기로 한 오늘 저녁부터 내일까지의 꿈들을 다시 챙겨 넣을 만큼 커다란 가방이 세상에 있기는 있는지 있더라도 하나하나 챙기는 시간이 평생일 것만 같아 절망이고 야속하고 화가 났다가 죄 없는 죄인이라 미안했던 새벽을 청도 우록리 어느 펜션에서 견뎠습니다.

그러니 다만 평화롭기를 바라고 붉은 소파에 앉아 책을 읽다가 시큼한 냄새가 스친다면 그건 지난겨울 잠시 손을 잡았던 이 사내의 미련이니 애써 닦아내려 해야 소용없는 일이란 걸 미리 알려주고 싶고 직접 꽂아주려 산 머리핀은 패망제국 공주의 유물처럼 내 책상서랍에서 영면에 들 것이니 꺼내보고 싶어 망설이다가 참다가 종내는 꺼내놓곤 후회하는 나를 벌써 걱정하는 내가 안쓰럽지만 이 또한 나의 몫이고 당신이 알 리 없는 일이러니 망각보다 힘이 센 햇살이 냉기를 거둬가고 나는 당신도 만나지 못하고 다시 돌아갈 길이 막막해 풀어보지도 못한 가방을 들었다가 놨다가 거푸 담배만 피워대는 새벽을 청도 우록리 어느 펜션에 음각해두고 왔습니다.

이별과 이별하기

기일

먹감나무는 해거리를 거듭하다가 끝내 숨을 놓았습니다. 곁을 지키던 생강나무만 꽃을 피웠는데 노란 안색이 예전만 못합니다. 물끄러미 서로를 마주 보며 가뭄을 견디고 해갈을 기뻐하고 태풍이 올라올 때마다 가지를 뻗어 부축하던 사이였으니 고목으로 변한 먹감나무나 근근 연명하는 생강나무에게 봄이란 마뜩찮은 반복일지 모릅니다.

장작은 희나리가 되려는지 어제 지나간 봄비를 여전 머금은 채 털어낼 생각도 없이 누웠습니다. 아침부터 볕이 자상한 손길을 내밀었지만 지난 겨우내 아궁이로 밀려들어간 제 피붙이들이 떠올랐는지 뻣뻣하게 굳은 몸을 누그러트리지도 않습니다. 참담한 기억은 저렇게 지독한 모양입니다. 장마가 오면 그나마 물러지고 몇몇 버섯이 살림을 차릴 겁니다. 서리 내릴 즈음 아궁이에 밀어 넣으면 불길이 예전만 못할 겁니다. 장작의 내부에 있던 무엇이 떠난 까닭인지 알 것도 같은 요즘입니다.

새벽같이 주먹밥 싸들고 올라간 날을 기억할 겁니다. 만월이 서쪽 소나무 가지에 찔릴 때에야 끌고 내려온 떡갈나무 둥치로 만든 탁자엔 책을 놓았습니다. 저 책들 속으로 들어가 길을 잃고 다시는 돌아 나오지 않으려 했지만 무슨 연유인지 들어가면 갈수록 되돌아오는 길이 또렷이 보였습니다. 함께 마시던 찻잔은 이제 하나만 필요한 까닭에 두 잔을 놓고 찍자니 바라보기 무참無慘하고 한 잔만 놓자니 헛헛함 전부를 드러내는 것만 같아 사내가 할 짓은 아니라 생각했습니다. 사람은 갔어도 예전처럼 나란히 두 개를 놓고 찍을 걸 그랬다 후회도 합니다.

재작년 봄에 찍었던 사진을 다시 봅니다. 거기 붙였던 편지도 읽어봤습니다. 아닌 척 안추르는 마음이 환히 보입니다. 모를 거라 생각했으니 이렇게 썼을 테고 거기까지는 아득히 먼 거리라서 당도하지 않으리라 안심하고 마음껏 속내를 꺼냈을 겁니다. 그러니 슬픔이란 사람을 우매하게 만드는 색안경인 겁니다. 창밖 장작은 거적을 덮어서라도 물기를 남겨두렵니다. 따라가지 못했으면서도 서리가 내릴 즈음이면 몸을 데우고 싶을 겁니다. 아궁이에 장작을 밀어 넣겠습니다. 연기 핑계라도 대고 오래 우는 저녁을 맞을 겁니다. 천국에도 먹감나무와 생강나무를 내려다 볼 창이 있는지 궁금합니다.

영화처럼,
주인공보다 더

요트의 매끈한 선이 아름다움을 넘어 날카롭다. 선착장 바닥의 점멸
등은 샴고양이siamese cat 눈빛이다. 깐느 해변에 처음 온 관광객처럼
옆 사람에게 카메라를 내밀었다. 누구와도 제대로 눈을 맞추지 못하
는 나는 여전 어색함과 촌스러움을 벗지 못한다. S여, 그대가 곁에 있
었더라면 느와르 주인공 자세로 호기롭게 어깨를 감쌌을 것이다. 카
메라를 들어 렌즈가 우리를 향하는 그 짧은 순간에도 나는 그대의 옆
얼굴을 보며 무안함을 감췄을 것이다.

담배 물고 턱을 들어볼까. 어깨는 펴는 게 당당하겠지. 연기에 찡그리
는 듯 미간에 주름을 넣으면 강력한 사내로 보일까. 연기에 반쯤 가려
지는 얼굴이 스틸컷still cut 같겠지. 괜한 겉멋으로 다리를 슬쩍 교차시
켰을지 모른다. 주머니에 넣은 손이 어색했을 것 같아서 한 번 더 찍어

132

달라 말할까 망설이는 사이에 카메라는 내 앞에 내밀어져 있을 거다.

어둠이 장마 뒤 탁류임을 감춰준다. 물비린내가 안개보다 먼저 번진다. 요트는 속삭이는 엔진음으로 선착장을 빠져나와 강 복판으로 나아간다. 바람을 가르며 세일링sailing을 시작한다. S여, 그대가 있었다면 나란히 뱃전에 앉았을 거다. 뒷자리에 있는 사람들 아랑곳없이 뺨에 키스를 했을 거다. 그대의 블라우스 앞섶을 헤집는 바람을 부러워했을 거다. 부드럽게 머리칼을 쓰다듬는 손길을 배우고 싶었을 거다.

시간은 강물이고 기억은 물살을 가르는 요트다. 어지러운 자국을 뒤로 남기지만 이내 스러지고 마는 무늬들이다. 기다리겠다 해놓고 불을 꺼버린 창들이 강변에 즐비하다. 돌아오지 말라면서 불을 끄지 않는 창들이 쓰리다. 돛은 일상이어서 팽팽함을 늦추지 못한다. 아무도 몰래 견디느라 표정이 없다. 옆구리로 몰려온 밤안개가 털어지지 않는다. 등줄기에 붙은 물비린내는 바디클렌저로 씻어낼 수 있을까. 여름날의 강에 나가려거든 늦은 오후가 좋겠다. 눅눅한 것들끼리는 오래 앉아 있어도 그만이니까. S를 잃어버리고 번민하는 나뿐 아니라 누구이건 비웃지 않으니까. 페이드아웃fade out은 내남없이 공평하게 진행되니까.

Y와 함께 읽는
일기

노을은 일회용 진통제라고 비웃었다. 아침을 거른 오전, 새로 산 구두에 뒤꿈치가 쓰라렸던 오후, 모두가 환송객이고 나 혼자 지옥행 열차에 태워진 순간들을 치르고 난 후에 주어지는 초콜릿이라 체념했다. 아무것도 하기 싫은 날, 친근한 미소조차 눅눅한 가면으로 내게 덮여지는 장면 뒤에 배달되는 야식이었다. 어깨엔 서너 명이 매달리고 발목엔 납덩이가 주렁주렁해 물에 뛰어들면 다시는 떠오르지 않을 저녁에 일당이라며 지급되는 팥죽이었다.

노을은 마주하는 동안 내부로 스며들었다. 미세한 파장만을 느꼈다. 서서히 고여 출렁이고 있었다. 습관적 불안증이라 생각했다. 퇴근길에 차를 세우고 오래 서 있었던 적 있다. 울렁거림이 낯설다가 친근하다가 본래 내 것이라고 믿기로 했다. 피부를 제외한 전부가 붉어지고 있었다. 겉이 붉은 게 아니라 붉은 물이 채워진 물풍선처럼 일렁이기 시작했다. 어떤 자세로 누워도 흔들리고 잠이 오지 않았다. 방바닥이 기울어졌다면 그대, Y가 뒤척이고 있을 방향이라고 생각했다.

머뭇거리다가 어느 순간 하나로 합쳐지는 물방울을 떠올린다. 서로를 비춰보고 투명한 서로를 응시하며 가까워지기 위해서 필요한 건 확신이 아니라 불면이다. 번민이 외려 망설이는 자신을 힘껏 밀어주는 동력으로 작용했을 거다. 어느 지점에서인가 돌아설 틈도 없이 포옹하게 된다. 인력이라 쓰고 옆자리의 누군가가 물으면 끌림이라 대답하겠다. 두려움이 때론 힘이 된다. 망설임이란 폭발을 위해 화약을 쟁이는 시간들이다. 하나가 되었을 때 붉은 노을이 번질 것이다. 폭발하는 순간의 섬광도 붉을 것이다. 노을은 치료제도 진통제도 아닌 내 자신이고 그대, Y의 얼굴이다.

이별과 이별하기

물 위에
쓰는 A

칸나canna에 불붙었다.

붉음의 상류로 거슬러 올라 첫 불씨와 대면하련다. 산불을 피해 달아
나던 무리가 익은 고기를 뜯어먹는 동굴도 기웃거리겠다. 겁에 질린
어린것들 입에 살점을 넣어주는 어미와 아비를 부러워하겠다. 서로가
그러안는 저녁을 모사模寫하련다. 동굴 벽에 어룽거리는 그림자들에
는 모서리가 없음을 여겨보겠다. 섬광이 거목을 가르며 불이 시작되
는 순간을 손에 쥐어보련다. 그 나무 아래서 서로를 더듬던 둘을 사랑
의 몸짓이라 명명해주겠다. 돌아가는 방법은 정해진 바 없다. 미운 사
람을 떠올리는 순간이다. 공포가 넘실거리는 바깥으로부터 안온한 동
굴이 부럽지만 혼자 막막해 서글퍼지면 머리 움켜쥐고 주저앉았던 벤
치를 떠올려 돌아오련다. 언젠가는 함께 올 사람이 있으니 나뭇가지
에 A라고 새긴 매듭 하나 걸어두겠다.

칸나canna가 불탄다.

저 붉은 와류와 함께 떠내려가면 하류 모래톱에 닿겠다. 그대도 머지 않은 삼만 년 후에 도착할 테니까 기다리련다. 홍수로 모래톱이 몸을 바꿀 때마다 움막을 옮겨도 걸어놓은 심장이 백만 년 쿵쾅거릴 테니까 천 리 밖에서도 들리겠지. 그대도 머뭇거리다가, 두려움으로 망설이다가 끝내는 뛰어들어 표류하겠지. 발이 닿지 않아 절망도 하겠지. 급류를 통과하는 동안 공포가 전신을 휘감아도 급류니까 시간을 앞당길 거라고 안도하겠지. 서로가 대면하는 순간 세상의 모든 소리가 멈추고 빛이 스스로를 감추고 다만 둘만이 휘황하겠지. 여기도 들려 한숨 달게 자고 가라고 뭇별들 다투어 반짝이겠지. 붉은 와류가 다 마를 때까지 모래톱에 앉았다가 천 년에 하나씩 별을 옮기며 살아봐도 좋겠지. 별자리 이름을 새로 쓰게 되겠지.

칸나가 피어서 내가 불탄다.

칸나를 핑계 삼아 나를 태운다. A란 갈등의 문고리를 당겼다는 알람 메시지다. 물 위에 A라 쓰고 봄, 폭설, 장마, 결빙이라 번갈아 읽어본다. 바다가 마를 때까지 지워지지 않을 것이다. 여기까지 오는 동안 휘청거린 물굽이마다 A라 써놓았다. 세상이 온통 붉다. 불붙었다.

흑백영화 속의
빨간 치마 L

탁자가 세 개만 있는 카페였다. 소곤거리지 않으면 주인도 함께 듣는 셈이어서 음성으로 서로의 귓불을 간질이며 시간 가는 줄 몰랐다. 새 끼손가락에 살짝 키스해줄 때에는 내가 연체동물 아닌가 싶게 뼈가 녹아내렸다. 그 자리를, 그 시간을 불러내 맞은편 의자에 L을 앉힌다.

노을이 장엄한 호수였다. 연애를 아는 산이 서둘러 어둠을 만들어주 던 해변이었다. 느지막이 손잡고 걸어보던 백사장이었다. 웃어보라며 거듭 셔터를 누르던 저녁이었다. 철 이른 코스모스가 만발한 배경화 면이었다. 화진포가 그립다. 오래전에 버린 사진들을 되찾을 수 있으 면 좋겠다. 장면은 그대로 두고 모델만 L로 바꾸겠다.

지그시 내 가슴을 누르던 체중을 기억한다. 우주시대의 저울이라도 그 기억보다 정밀하지 않을 것이다. 내 뺨에 찰랑거리던 머리칼은 세상 어떤 수양버들도 전할 수 없는 촉감이다. 땀보다 자명한 절정은 없다. 과묵하던 침대가 수다쟁이로 바뀌던 밤이었다. 나를 내려 보며 웃다가 눈 감다가 고개 젖히는 L을 상상한다.

다리품 팔아 도착한 과수원이었다. 깔끄러울까 싶어 몇 번이고 씻어 내밀었다. 땡볕은 눈치도 없어서 옮겨 앉는 자리마다 파고들었다. 눈은 찡그리고 입은 함빡 웃는 오후였다. 여름날의 낭만이 수밀도水蜜桃를 쥔 손가락 사이로 달디달게 흘러내렸다. 그 자리를 L에게 마련해주고 싶다. 달디단 맛이 바로 L일 거라고 새겨둔다.

시인은 끊임없이 과거를 불러내 현재화하는 존재다. 시간과 공간과 맛과 냄새와 촉감과 떨림까지 도거리로 불러낸다. 당장 실현할 수 없다면 가까운 미래로 예비한다. 시를 쓰는 자가 시인이라기보다 사랑하는 자 모두 시인이다. 그러나 불러낸 것들의 가짓수로 사랑의 깊이를 가늠한다면 어리석은 연인들이다. 그대는 앞에 앉은 사람과 함께 시제時制라는 여울을 거슬러 오른 적 없나. 기억이 모자랄 때마다 영화와 소설과 드라마를 차용하진 않았나.

넥타이와
올가미

울지 마라. 네 눈물 한 방울이면 나는 영혼을 씻어낼 수 있을 테니 샘처럼 고요히 머물게 두어라. 이역만리 날아온 마음을 연다. 고맙다는 인사도 하지 못했다. 문장으로 남기지만 이조차 볼 수 없음을 안다. 그러니 솔직해지고 그래서 남겨두는 한 줄이 있다.

고르고 골랐을 마음을 안다. 망설이는 순간마다 피어난 꽃향기를 내가 느낀다. 유월 같은 푸름에서 남태평양 환초를 본다. 거기라면 우린 헤엄치는 종족이라도 좋겠다. 한시도 눈을 떼지 않으려는 우리 때문에 훗날 물고기는 밤에도 눈을 감지 않는 습성이 생기겠다.

한 발 더 나가면 남빛 심연이니 둘이라면 가라앉아도 그만이다. 삿된 호기심들이 돌아갈 때까지 포옹한 채로 기다리자. 어디든 익명의 거

이별과 이별하기

리를 아이스크림 들고 활보해도 되겠다. 독일인들은 kobold, kobold 되뇌다 보면 도깨비를 연상한다지. 둘인데 하나이고 하나인가 싶으면 둘이니 우리가 도깨비인 셈이다.

우리 심장은 왜 포갤 수 없는지, 왜 너와 나의 심장은 박동이 일치하지 않는지, 신에게 물어보았다. 시기심이 분명한데도 사랑의 본질이라 하더구나. 화르르 타버리면 어쩔 거냐고 겁박하지만 당황한 빛이 역력하더라. 피가 붉은 까닭을 이제야 안다. 신의 안색이 스며든 거다. 붉어서 뜨겁고 붉기 때문에 질투가 무성한 거다.

얼핏 뱀이라 생각했다. 사랑이란 백만 배로 희석한 독毒이다. 삼키면 천 년, 쥐기만 해도 삼백 년 혼몽함을 벗을 수 없다. 목에 두르면 다시는 풀 수 없는 마법의 매듭 아닐까 호기심이 생겼다. 모르는 척, 겁나지 않는 척 매듭을 지어본다. 경동맥을 지그시 누르는 힘을 느낀다. 사랑이란 느린 혼절이다. 서서히 무감각의 나락으로 투신하는 거다. 통증이 없는 곳, 상대의 통증만을 내가 느끼는 곳이다.

무수
기

가도 아주 멀리는 가지 않는다. 아마득해도 내쳐 달리면 단박에 닿을 거리로만 보인다. 나비의 몸짓이다. 잡을 수 없다는 절망이 가슴을 찌르기도 전에 돌아서 손짓하는 착각이다. 몸을 낮추는 여인의 춤사위다. 무대에 밀착할 때까지 보는 이는 숨을 죽이는 시간이다. 피도 바다와는 일족一族이어서인지 심장으론 아득하다. 경험은 허투루 축재된 재산인데도 망가진 사랑이라고 어깨를 친다. 당한 적 있는데도 그러냐 비웃는다. 은경銀鏡도 뒷면은 거칠듯 참방이던 윤슬이 스러지면 질척거림뿐이라고 힐난한다. 집착이라고 이마를 때린다. 알아버린 이별이니 주저앉아 울지 못한다. 돌아온대도 이전과는 다르니 담담할 수 없다. 사내의 시선이 물러나는 바다를 따라 수심愁心을 더한다.

밀려들어도 당장 발을 적시지는 않는다. 물러서라고, 다가가는 속도를 예단하지 말라고 출렁거린다. 안도감에 눈을 멀게 하고는 소리도 없이 거리를 좁힌다. 당신도 들어오라고 갯것들 품는 자세로 팔을 벌린다. 안겨버릴까. 엎어지면 그만 아닐까. 무릎은 내 편이 아니라서 힘을 줘도 꿈쩍하지 않는다. 발은 어느새 내통했는지 물러나게 도와주지 않는다. 심장에서 가장 멀리 있으면서 어찌 알았을까. 펄을 핑계 삼아 놓아주지 않는다. 전신이 주인을 외면하는 시간이다. 결국은 다 적실 일인데 정면이 아닌 옆으로 맞이하는 숫기를 알기에 도모하는 모반謀叛이다. 무릎 때문이라고, 발이 빠지지 않더라고 겸연쩍은 웃음 하나만 가지고 있을 것이다. 사내는 물 들어오는 속도보다 한 걸음 늦게 물러난다.

갯벌에 고정된 개막이 지지대를 본다. 만조로 올랐던 자리와 마지막인 듯 내려갔던 간조 사이를 본다. 그 구간에서 오르내린 황홀과 번민과 나락을 짚는다. 또 누군가가 위태롭게 두리번거린다. 만조가 행복이라면 간조는 불행인지, 간조가 견딜 수 없어서 만조를 갈망하는지 확신도 없이 바다만 본다. 울렁거리기만 한다. 사랑은 차오르고 비워진다. 가득할 때 저절로 벙근 미소와 전부가 빠져나갔을 때 칼로 그었던 탄식 사이를 무수기라 이름 짓는다. 당신도 나도 그 지지대에 터를 잡은 갯것이다. 비린 목숨이라 펄을 삼키고 뱉으며 견딘다. 내 관棺 하나 높이나 될까 싶은 거기서 해가 웃고 달이 울고 은하수가 넘치고 별이 추락한다. 무자맥질만 반복하는 갈매기가 있다면 당신의 눈물인줄 모르고 삼킨 거다. 날지 않는다면 내 탄식이 날개에 묻은 까닭이다. 마르기 전에 다시 젖고 흠뻑 젖었다고 느껴지기도 전에 마르기 시작하는 거기가 사랑의 무수기다.

틈과
추락

하늘은 촉이 없어도 구름을 떨어트리지 않는다. 못질도 아니고 아교로 접착한 것도 아니라서 자재로 부유한다. 구름 또한 연귀를 깎지 않았는데 부드럽게 결합하고 뻐개지지 않는다. 바람은 앞뒤 없이 서로를 안고 가거나 업는다. 견고한 무언가가 있다는 뜻이다. 무위로 작동하는 힘이 다만 보이지 않는다는 의미다.

그대는 구름이 어울리겠지. 눈으로 푹신하고 가슴으로 포근하고 손으로는 몽실몽실할 것만 같은 구름이지. 내가 하늘이라 장담해도 괜찮을까. 푸름엔 부족하고 깊지도 않고 과묵하지도 못한 내가 그대의 배경인 하늘이라 고집해도 웃어주려나. 어디든 바람에게 등을 밀라 해서 갈 수 있지. 머물러 노을에 흠뻑 젖겠다면 해더러 한 걸음 천천히 내려가라고 눈치 줘야지. 그대가 눈물을 보일 때는 다만 기다려야지.

시선을 내리며 그대의 슬픔과 공명해야지. 오래 울더라도 그만하리 재촉하지 않고 무슨 일이냐고 묻지도 않고 다만 잦아들 때쯤에 손수건을 내밀어야지. 솔잎에 씻은 파랑새 소리로 만든 거지. 어디든 가라 해놓고, 마음껏 질주하고 멈추고 맴돌아도 괜찮다고 대범한 척하고서는 구름이 하늘을 벗어날 수 없음은 말해주지 않았지. 그대와 내가 하늘과 구름이라고 달콤한 동화를 쓰면서 내 욕심을 행간에 감췄던 거지. 그대도 알거야. 알면서 모르는 척, 신기한 척, 저녁별처럼 웃었을 거야.

숨이 울대를 막는 바람에 아무렇게나 주저앉아 고개를 든다. 가을의 입구답게 하늘은 스스로를 씻고 구름은 비를 버리고 바람은 서서히 날을 세운다. 누구였을까. 투박한 판석을 반듯하게 맞춰 의자로 만들어놓고 어디 갔을까. 구들장 같다. 나란히 아랫목에 발을 묻고 동치미에 고구마 나눠 먹을 자리다. 그러니 사랑을 아는 사람이다. 섬뜩하게도 무덤으로 보인다. 사랑에 실패하고 다시는 세상에 나오지 않겠다며 스스로를 유폐시킨 자리다. 사랑을 실감한 사람이다. 나는 청춘시절 내내 촉으로 연결하려 애썼다. 쪽매를 깎아 맞대어 우린 하나라고 자랑하고 싶었다. 모서리마다 연귀를 내면 영원히 포옹을 유지할 수 있으리라 욕심 부렸다. 그러나 이 자리를 만든 이는 헐겁게 여분을 남겼다. 빗물이 몸을 감췄다 가고 낙엽이 떨어지다가 들려 남은 기억을 지우는 자리다. 손으로 만져본다. 틈을 따라 내 지난날의 추락들을 찾아본다. 하늘이니 구름이니 배우도 없는 구연동화를 덮어버린다. 신발 고쳐 신고 산을 오르려는 순간 새로운 동화가 새소리처럼 따라붙는다.

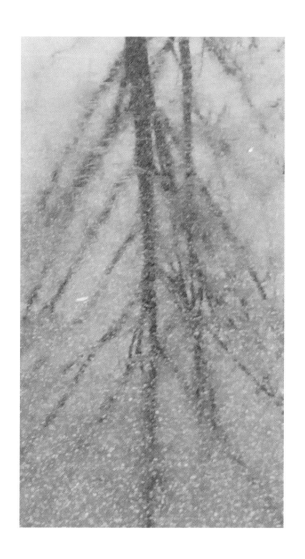

이별과 이별하기

cafe PERA
in SHANGHAI

색계

황포강 안개는 단추 세 개 풀린 치파오의 속살이다. 정사 후 잠에 빠진 여인처럼 돌아누운 채 움직이지 않는다. 침대 시트만큼 헝클어진 소음들이 창을 두드린다. 흙탕물 젖은 발로 들어오려 한다. 무표정한 사내가 고급 살롱 내부를 흘낏 들여다보며 지난다. 앉아 있는 여자들 실루엣을 훑었을 것이다. 현란한 곡선들이 암울한 조차지역租借地域을 울렁거리게 한다. 나는 트여 올라간 치파오 옆선이 끝난 자리를 본다. 조금만 힘을 줘도 터질 것 같으면서 그런 적 없는 견고함을 본다.

치아즈는 그런 여자다. 1층 살롱까지 동행이 가능하지만 취해도 위층 객실로는 올라가지 않는다. 가득 담겼으면서 한 방울도 흘리지 않는 와인 잔이다. 자살한 자물쇠 장인의 마지막 작품이다. 그는 독약과 함께 열쇠를 삼키며 후대의 누구든 자물쇠를 여는 자만이 자신의 무덤

에 헌화하라 했을 것이다. 그녀는 그런 느낌이다. 나른한 오후면서 뒤
척이는 밤이고 전신의 피가 한 곳으로 몰렸다가 절망하는 새벽이다.

치아즈는 가만 바라보고 있으면 반달인데 어느 순간 초승달로 변하는
눈을 가졌다. 반달에서 초승달까지, 초승달이 반달로 채워지기까지가
보름인데 마주 앉은 탁자에서는 순간이다. 혼자 있는 상해의 시간이
란 늪이거나 호수였는데 함께 있으면 급류이고 폭포다. 그녀의 치파
오에 전부 담겨 있다. 허리를 보며 쿵쾅거리니 급류이고 눈이 마주치
면 전신이 추락하니 폭포다.

치아즈와 마주 앉았다. 안개가 걷히고 있다. 잠시 누군가를 만나고 오
겠다던 그녀가 돌아왔다. 오후 햇살이 치파오 금박에 반사되어 날카
롭게, 날아온다. 무지개로 갈라지며 그녀의 턱을 아로새긴다. 9밀리
탄환이 장전된 듯 눈빛이 흔들린다. 베레타 M1934를 구슬백에 숨겨
왔을까. 두렵지 않다. 우산 쓴 그녀와 스치던 첫 만남에서 난 이미 죽
었다. 마주 보면 망설일 테니까 천천히 시선을 밖으로 돌려준다. 왼쪽
가슴 배지와 넥타이 사이에서 내 심장이 당신의 탄환을 기다리고 있
느니 치아즈여, 치명적인 내 사랑이여 방아쇠를 당겨라.

관상을 빙자한
완상

한 번쯤 폭풍이 휩쓸고 간 이마다. 흐릿한 침식의 골에 그날들 번민이 보인다. 곁에 머물던 사내는 가만히 짚어줬을까. 바라보다가 이젠 괜찮다는 날인을 입술로 해줬을까. 새롭게 친구를 만들어가는 고양이처럼 이 여자는 눈을 감고 받아들였을까.

콧날이 겸손하다. 웃으면 가는 주름이 생겼다가 사라진다. 그 찰나에는 풋풋한 시절의 해변과 물미역처럼 미끈거리던 밤이 들어 있겠다. 절반으로 쪼갠 성게에서 물큰 올라오던 비린내와 구운 도루묵의 구수함이 맴돌겠다. 그런 성찬을 준비하던 사내의 등에서 풍기던 땀내도 깊숙한 내부 어딘가에 웅크리고 있겠다.

내가 먼지처럼 작아질 수 있다면 반듯한 저 이마에서 미끄럼을 타겠다. 속도를 높이다가 나팔꽃 덩굴처럼 휘어져 올라간 속눈썹에 튕겨 날아가겠지. 빤히 바라볼 재간이 없어 옆모습을 본다. 각막과 속눈썹의 곡선을 탐닉한다. 사람의 눈을 정면에서 보고 찬미하는 자들은 죄다 가짜다. 종말이라는 듯 시작하자는 듯 눈꼬리의 뾰족한 끄트머리에서 현기증을 만난다.

마주할 숫기가 없어 입을 본다. 순간 내 전신이 입술로 변하는 것만 같다. 예민해지다가 울렁거리기까지 한다. 입을 가리는 척 내 입술을 만져본다. 립글로스를 바르지 않았어도 반짝였을 것만 같다. 맨 처음 저 불길에 소신공양한 사내는 행복했겠다. 어디선가 뒤척이며 그리워하고 있겠다. 윗입술은 큐피드의 활이고 아랫입술은 노아의 방주다. 화살에 관통상을 입겠노라 자청하고 싶다. 함께 방주에 타서 최초의 남녀가 되고 싶다. 오목한 인중에 바다를 담아도 넘치지 않겠다.

명지바람도 저런 귀에 닿으면 소용돌이가 되겠다. 소라껍질 없이도 종일 파도소리가 들리겠다. 후우, 더운 입김으로 유혹하던 사내가 혹시 있었을까. 빙그레 웃어줬을까. 자수정 귀걸이가 어디 맞춰보라고 팔랑거린다. 귓불이 잘 여문 살구 같다. 뽀얀 솜털이 내 눈을 간질인다. 비실비실 웃다가 눈 마주칠까 고개 돌린다. 하늘도 여물어 살굿빛이다.

바라보는 동안 천지가 가득 찼다 비워지고 폭설이 다녀가고 난분분 꽃잎이 날렸을 것이다. 난 모른다. 세상이 저 혼자 늙어가도 내 탓 아니고 돌아보니 천 년이 흘러 아는 이 하나 없더라두 난 괜찮다. 이목구비耳目口鼻에 홀려 마음을 보지 못한다는 힐난도 감수하겠다. 얼굴로 올라오지 않는 마음이라면 그게 어디 마음인가 말이다. 제 빛깔을 숨기지 않으니까 꽃인 거다.

없으면서
있는 것

을남이 만 보면 웃음이 났다. 동네 형들이 상고머리 지지배 뭐 좋으냐고 물으면 그냥이라고 대답했다. 진짜 그냥 좋았다. 빨랫비누로 머리 감고 탈탈 털며 심부름 가던 모습하며 흰색 타이즈 빵꾸났다고 찡찡 울 때는 나도 괜히 슬펐다. 아버지 지게 넘어트린 것처럼 얼굴이 화끈거렸다.

을남이, 가슴이 꿀 종지만 했었다. 할아버지 무덤 옆에 만든 발바리 무덤 크기나 될까. 묻기 아깝다고 삶아버리자는 삼촌에게 대들 때는 사나웠지만 덕분에 우린 비밀장소를 가지게 됐다. 누가 혼나기라도 하면 나란히 앉아 발바리 무덤을 쓰다듬었다. 5학년 때까지 드나들었다.

솟았는지 멍울인지 분간도 할 수 없다가 소낙비 맞고 뛸 때 보면 볼

록한 것도 같았는데 을남이 가슴, 어느새 사발 두 개 엎어놓은 것마냥 불룩해졌다. 시오리 먼 중학교 가더니 종아리만 굵어진 줄 알았다. 열무 나르고 고구마 캐느라 고단했을 건데도 허리는 가늘어졌다.

을남이, 앙큼한 지지배 내가 외양간 담벼락에 밀어붙였을 때 자기가 먼저 눈 감더라. 누렁이도 뭘 아는지 음메 소리 한 번 없더라. 농사져서는 못 산다고 우리 식구 장사하러 서울로 올라왔다. 발바리 무덤도 내려앉아 찾을 수 없을 때였다.

을남이, 애 둘 낳고 유방암 수술했다더라. 지금은 읍내 어디서 산다더라. 누렁이도 없고 주인도 없는 빈 집 외양간도 허물어져 삭은 볏단이 그날들처럼 쏟아져 흩날린다. 을남이를 밀어붙이면 담이 먼저 허물어질 것 같다. 을남이는 여기 없고 나는 여기 왔고 전깃줄 만진 것처럼 찌릿찌릿하던 뽀뽀도 함께 왔다.

을남이만 보면 좋았다. 을남이는 나만 보면 웃었다. 쫑알쫑알 뛰어다니던 고샅은 적막하고 감나무는 딸 사람 없어 낮에도 발간 등불을 가득 켜놓았다. 까치도 알아챘는지 서두르지 않는다. 을남이 가슴은 제풀에 떨어져 쪼그라든 저기 저 홍시 같을까. 지지배, 입에서 수박 냄새가 났었는데.

을남이 : 조병화의 시 「목련화」에 나오는 이름

이별과 이별하기

첫눈과
햇살

은수야, 슬픔의 근원은 떠났단다.

구름은 감출 수 없는 감정인 양 안색이 검어지고 네가 사는 곳까지 몰려왔다. 여우비 내리는 봄날도 아닌데 하늘은 곳곳이 맑고 눈발 날린다. 이곳이 유배지임을 아는 게지. 자청하고 들어온 곳임을 알아서 구름도 여기까지 달려와 슬픔의 솔기들을 터트린 게지. 무릎이 시릴 때까지 앉아 있다가 때마침 지나는 바람과 함께 떠났겠지. 구름 없는 하늘에서 내리는 눈이란 슬픔의 시차 아니겠니. 마주 앉아 있을 때는 미처 솟아오르지 않다가 앞자리가 비었을 때야 비로소 터지는 눈물 말이다. 그러니 울지 말아라. 네가 사랑한 사람은 앞에 없단다. 떠났단다. 텅 빈 하늘에서 쏟아지는 진눈깨비처럼 사람은 없고 네 슬픔만 쏟아지는 거란다. 시차만 더 아프게 쌓인단다.

누군가는 네 먹빛 눈동자를 연모한 죄로 평생을 암흑으로 살게 되었을 테니 은수야, 울지 말아라.

사랑하는 사람의 눈물을 보는 일이란 느닷없이 닥친 부고처럼 무겁단다. 첫눈 오는 날을 손꼽아 기다렸는데, 네게는 말도 못하고 하냥 혼자서만 상상했는데 오늘 넌 이별의 눈물을 내 앞에서 보이는구나. 감정의 단층지대에 선 우리구나. 너는 함몰된 저 아래에서 울먹이고 나는 내 사랑의 높이에서 바라만 보는구나. 바라볼 밖에 방법이 없어 침묵이구나. 꺼낼 수 없는 사랑이라서 무겁구나. 꺼낸 적 없어서 녹이 슬지도 않는구나.

은수야, 시간은 전부를 가져가고 일부만을 되돌려 준다.

설익은 슬픔인 양 우박도 진눈깨비도 아닌 것들이 쏟아지는구나. 냉기가 농도를 더하고 시간도 농익은 어느 날엔가 가볍게 흩날리겠지. 나는 참고 있으련다. 백 년 뒤에라도 바람에 날리며 꽃잎인 듯 낙엽인 듯 네 어깨에 함박눈 내리거든 네가 사랑을 잃고 울던 날 앞에 앉아 가만 기다리던 사내를 기억해주렴, 은수야.

후회와
반성문

거기서 머리를 감는구나. 향기가 수면을 덮고 안개로 건너온다. 거품이 보글거리겠지. 기억 또한 풍성한 것 같아도 만지는 순간 허물어지는 거품이다. 향기는 연장도 없이 뇌리에 장미 한 다발을 음각하고 가버린다. 삼단을 물에 헹구는지 이쪽의 수초들까지 흔들린다. 진한 초록이 검게 보인다. 발을 넣으면 감싸올 것만 같다.

배를 지어 띄울까. 연안에 닿을 때까지 기다리고 있겠지. 안개를 뚫고 돛이 보이면 비로소 안도하겠지. 강폭이 넓으니 다리를 놓을까. 달려가는 동안 거기서도 이리로 달려오겠지. 마냥 기다릴지도 모르지. 머리 빗으며 흐트러진 소매를 매만지느라 지척에 이를 때까지 돌아앉아 있을지도 모르지.

배는 위험하고 다리는 힘겹다. 상류로 올라가자고 소리치겠다. 들릴까 들렸을까 번민하지 않고 다만 상류로 상류로 걸어가련다. 어느 새벽엔가 강이 여울로 좁아지는 곳에서 우리는 서로를 볼 수 있겠지. 너의 흰 블라우스와 가는 발목을 확인하며 비로소 웃을 수 있겠지. 몸은 앞을 향하고 고개는 서로를 보며 천천히 빠르게 길을 재촉하겠지.

얼마나 걸었을까 산이 안색을 여러 번 바꾸고 폭설과 땡볕이 헤아릴 수 없이 번갈아 맹위를 떨친 후에 우리는 서로가 손을 잡을 수 있을 만큼이나 가까워진 시내를 거슬러 오르겠지. 그때에도 건너가거나 건너오라 요구하지 않겠다. 인내하며 손잡고 더 위로 오르겠다. 생채기 그득한 발등을 부러 숨기지는 않겠다. 갈증에 타버린 울대 때문에라도 말을 건네지 않겠다.

드디어는 발원지에 이르겠지. 작은 샘 앞에 나란히 섰을 때, 건너갈 일도 건너오라 안타까워할 일도 없는 거기서 물 한잔을 나누겠다. 신갈나무 이파리 두 장으로 만든 잔을 네게 먼저 권하겠다. 서로 양보하며 웃으면 갈증도 사라지겠지. 파랑새가 물으면 사랑하는 사이라고 대답하겠다. 오래도록 나란히 걸었다고 자랑하겠다. 이제 처음 만났지만 처음부터 함께였다고 대답하겠다.

카페에서
섬까지

함께 도망갔으면 싶은 여자를 보았다. 동그마한 어깨, 팔을 뻗으면 오롯이 담길 체구, 뒷모습도 봄빛이었다. 살그머니 웃는 입술에서 물봉선화가 피어오르고 가느다란 듯 또렷한 눈망울은 먹빛이었다. 그 먹빛 때문에 남은 일생이 캄캄하다 해도 기꺼이 뛰어들고 싶었다. 포옹한 것도 아닌데 그녀의 머리칼이 간질이는 듯 빙글빙글 누설되는 웃음을 감추지 못했다.

이승의 마지막인 양 마주 앉아 국밥 한 그릇 나눴다. 얽힌 인연들께 모주 한잔으로 용서를 구했다. 머뭇거리면서도 냉큼 주머니에 넣고 도망가고 싶었다. 간월도가 좋겠지. 들어가 배를 부숴버리면 다시는 돌아갈 수 없을 절해고도 말고 떠날 때 편히 갈 수 있도록, 한 번은 돌아보고 갈 수 있도록 뭍이었다가 섬인 간월도가 좋겠지. 물이 차면 나갈 수 없을 테니 밭을 매고 물 빠지면 혹시나 돌아갈까 손 꼭 잡고 섬을 돌며 갯것들의 비린 이야기를 들려줘야지. 법당 주인께는 잠시 비워달라 청을 넣어야지. 영겁의 시간에 인간의 반평생이야 티끌에 불과할 테니 숨어든 둘을 위해 모른 척 개심사 가시라고 삼배 올려야지. 옷깃 하나 적시지 않고 천수만을 건너실 테니 잠시 비워달라 떼라도 써야지.

달아 높이 뜨지 말아라. 내 사람 흔들린단다. 밀물아 너는 사납게 몰려와 섬을 에워싸고 송곳니를 꺼내라. 겁 많은 내 사람 첫날의 마음이 흐려졌어도 돌아갈 생각은 하지 못하도록 밀물아 키를 올려라. 새조개들아 부리를 열어 애증을 노래해라. 두 발로 걷는 동안 남김없이 사랑하라고 일러주어라. 해송들아 내가 걸어둔 밧줄을 흘리지 말아라. 혼자 남으면 목매어 천 년이고 만 년이고 풍경風聲으로 울며 기다리리라.

커피는 쓰고 달고 뜨겁다가 차가웠다. 거리의 카페도 마주 앉으면 섬이 될 수 있음을 안다. 돌아가려면 아마득한 물 위를 걸어야 할 만큼 머나먼 두 사람만의 섬이다. 몰입하면 밀물이고 설핏 딴 생각을 올리면 뭍이 되는 거였다. 알면서도 도망가고 싶은 마음을 버리지 못했다. 버리고 싶지 않았다. 그 섬은 하루에 두 번 물이 차고 빠지는 게 아니라 한순간에 밀물이고 썰물이어서 불안만 키우는 까닭이다. 내 사랑은 오르내리는 바다가 아니라 죽어 스러지는 순간까지 고요한 호수였으면 싶다. 호수 가운데의 섬이었으면 원 없겠다.

이별과 이별하기

당신이라는
그림

이경성 화백 부부

안개는 걷히지 않는다. 안개가 아닌지도 모른다. 아침마다 낯을 익힌 햇살에게 부탁해도 난반사만 거듭될 뿐, 앞길은 뿌옇다. 고향서 올라온 바람이 속내를 알고 힘을 쓴다. 등으로, 손으로 밀어도 꿈쩍 않는다. 전력으로 불어도 밀려나지 않는다. 뿌옇다. 가야 할 길이라고 확신했는데 뿌옇다. 돌아봐도 흐릿하다.

캔버스가 없다면 거죽을 벗어줄 사람이다. 늑골을 뽑아 테를 두르고 안간힘으로 사방을 팽팽하게, 붓이 걸리지 않을 때까지 당겨놓을 사람이다. 구겨지는 일상이 화폭에까지 자국을 남기지 않도록 당기고 또 당기느라 불면보다 격한 통증에 시달리는 사람이다.

물감이 없다 싶으면 노을이라도 퍼 담아 끓일 사람이다. 첫물은 등황

166

색, 끝물은 적갈색으로 종지에 담아 이젤 옆에 놓아줄 사람이다. 산천을 뒤져서라도 초록을 농축할 테고 잿물에 손을 담그면서도 오롯한 쪽빛을 꺼낼 사람이다.

화풍이 흐릿한지 안개 때문인지 묻지 마라. 내 결단은 아내의 가르마보다도 희미했으니 번민으로 붓을 꺾고 방황하느라 색감을 놓친 적 많았다. 액자에 가득한 안온은 아내의 힘, 끊어지지 않는 운필은 아내의 뒷심, 칠하고 또 칠해서 얻어진 풍경은 아내의 마음이다. 바다만큼한 캔버스에 세상의 모든 색깔을 다 동원해도 완성하지는 못할 그림, 당신이다. 막내는 업고 아들 둘 손을 잡고 길모퉁이 돌아서다가 눈 마주치자 빙그레, 웃음 벙그는 당신이다.

겨울을 건너는
기술

입술이 파랗다. 걸으며 두어 번 마주 보았는데 볼이 얼었다. 공원으로 가는 길은 볕이 들지 않는다. 건너편엔 공짜 햇볕이 그득하지만 건너 갔다가 다시 건너오기는 싫었다. 길은 눈이 녹다가 얼어붙은 빙판이라 어디가 미끄러운지 구분도 되지 않는다. 넘어지지 않으려고 그러는지 장갑도 없이 외투 소매 속으로 팔을 움츠렸다. 꽉 쥔 주먹이 반쯤 보이다가 감춰진다. 손을 꺼내 내 외투 속에 넣고 싶다. 나란히 엉덩방아를 찧으면 이 어색함도 함께 넘어져 깨질 거라고 생각했다. 한참 걸으면 마주 쥔 손에서 땀이라도 날 것 같다. 체온에 의한 생리현상이 아니라는 대답까지 미리 준비했다. 아무도 묻지 않는다. 건너편 햇빛이 쇼윈도 반사광으로 파파라치처럼 따라온다.

공원엔 발 시린 까치들만 나뭇가지를 옮겨 다니고 있다. 정문을 지나

169   이별과 이별하기

나란히 걷는다. 동상은 볕이 드는 한쪽만 눈이 녹은 채로 서 있어서 기울어져 보인다. 비어 있는 벤치들을 지나친다. 볼이 얼고 팔까지 움츠린 여자에게 앉자고 할 수 없다. 버스에서 내려 지금까지 한마디도 섞지 않은 상태인데 지난 몇 년의 대화가 한꺼번에 지나가고 있는 느낌이다. 교환하고 강제로 밀어 넣고 상당수는 바닥에 흘렸을 것이다. 오후가 기울어지면서 바람이 더 차갑게 파고든다. 충실한 관리인이 있는지 나무마다 볏짚을 둘러놓았다. 보온이 아니라 월동을 위해 내려오는 벌레들을 잡기 위한 장치라는 걸 안다. 저 안에는 해충으로 몰린 그들이 몸을 웅크린 채 봄을 기다릴 것이다. 결국 보온인 셈이다. 고개 숙이고 따라오는 듯 앞서 걷기도 하는 여자의 전신을 천천히 훑어본다. 어디에 볏짚을 둘러줘야 했을까. 어떻게 말하고 언제 포옹했어야 내 여자에게 적절한 보온이었는지 번민만 한다. 여자는 외투 주머니에 손을 넣고 저만치 앞서 걷는다. 오목한 뒷모습과 나 사이에 폭설이 시작됐다.

대설
주의보

젊은 여자를 보면 아득하다. 돌아갈 수 없는 시절이고 돌아간대도 또
다른 폐허를 만들고 말 것이란 예감 때문이다. 내 젊음의 거처가 번민
의 폭설로 뒤덮이는 와중에 나는 추방당했다. 눈은 제 무게대로 자신
을 누르고 서로를 짓이겼을 것이다. 빙하로 변했겠지.

젊고 어여쁜 여자를 만나면 서글프다. 연애지대로 함께 들어갈 비자
를 발급받기 곤란하리란 상식 때문이다. 함께 밀입국하자고 손을 내
밀까. 잔주름 무성한 눈꼬리로 웃어나 볼까. 욕심만큼 사람을 바보로
만드는 몰약도 없다. 향기는 맹렬한데 효능도 실감하지 못한 채 부작
용만 떠안는다. 예보를 비웃는 이 눈은 어디서 오는가.

치우지 못했던 번민이 칼로 변했을 것이다. 뜬눈으로 맞아야 했던 새

벽들이 쇠메가 되었을 게 분명하다. 폭설이란, 그곳의 빙하를 두드리고 잘게 썰어 보낸 물증이다. 가져가라고, 치워줄 사람 없으니 제 몫은 스스로 감당하는 게 청춘의 법칙이라는 압박이다. 아침에 싸락눈이라는 최고장催告狀이 날아왔다. 청춘이나 지금이나 불길함은 행운보다 적중률이 높다. 받아주겠다. 치워야 할 내 잔재라면 수취인불명 따위의 비겁을 저지르지 않겠다. 여기까지의 여정에 내가 흘렸던 눈물이 섞였는지 습설濕雪이다. 전부를 걷어내면 비옥한 땅이겠는가. 돌아보니 아득한 내 청춘의 거처는 꽃 피고 새 우는 정원이 아니었다. 사막과 빙하가 월식처럼 번갈아 점령하는 빈터였다. 폭설로 덮이면 사춘기 젖가슴같이 부드러운 구릉이었다. 두드려 깨낼 방법도 힘도 없는 빙하지대였다. 종일 폭설이 끊이지 않는 걸 보니 서서히 사막이 되고 있겠지.

버스 정거장에 서 있는 미인을 보았다. 감색 우산에 쌓이는 눈의 무게를 가늠하는 중에 버스가 왔다. 단번에 털어버리고 오르는 뒷모습을 환송객 자세로 바라보았다. 감정이란 우산에 쌓인 눈과 같을 수 있는가. 불온한 연애라도 저지르고만 싶은 밤이다. 청춘의 거처에서 저지른 감정들이 한꺼번에 몰려오는 이 밤에 어울리는 죄 아닌가.

사월

밤은 상실한 자들의 천국, 움푹 비어버린 표정을 들키지 않을 시간이다. 인파 속이라 고개를 숙이고 걸어도 그만이다. 맞은편 사람과 눈이 마주친대도 잠깐일 뿐이다. 궁금해할 아무도 없는데 시선을 감춘다. 익명의 거리에서 혹시나 하는 마음으로 주변을 살핀다. 모르고 살아도 그만인 사람들의 행렬이 강물처럼 기나긴데 단 하나의 얼굴이 떨어지는 꽃잎처럼 다가올 것만 같아 앞머리를 쓸어 올린다.

언제던가 손등을 스치며 나란히 걸었다. 천지간으로 꽃잎이 떨어졌다. 그대가 하르르 웃을 때마다 이길 수 없겠다고 세상의 모든 꽃잎이 투신하는 거였다. 혼자 가는 길인데 하르르, 꽃잎이 떨어진다. 어디선가 그대가 웃고 있는지…… 고맙다.

바람에 날리는 꽃잎인데 어깨에 내린 무게는 천만 톤이다. 밤바람 차가운 사월인데 닿는 자리마다 살이 녹는다. 허공을 팔랑이며 일으킨 파문이 울림소리로 들린다. 에밀레종 안에 앉아 있는 것처럼 파문의 압력이 고막을 누른다. 전신의 뼈가 바스라질 것만 같다. 밤하늘 먹빛이 울렁거리다가 쏟아진다. 체념한 포도주 색이다. 벚꽃 만발한 밤거리를 취한 듯 걷는다. 시간만큼 힘이 센 인파에 떠밀리며 걷는다. 없다고 체념하면서도 찾는 눈빛은 어디까지 도달할 수 있을까. 벚꽃 만발했다. 가지가 아닌 허공에 꽃잎 만발했다. 나 없이도 어디선가 그대가 웃고 있는지.

이별과 이별하기

이만
오천 원

몸이 뜨거운 연인들에게 여름은 인내의 계절이죠.

빌딩 유리창에 비친 제 안색이 훤해서 밤은 쉽사리 내려앉지 않네요. 회화나무가 이파리들을 헤아리는 시간입니다. 소음에 시달리다 떨어진 건 없는지 곰곰 생각이 많습니다. 도시의 밤은 애인의 뾰루지가 보이지 않을 정도로 캄캄해지는 것도 아닌데 잃어버릴까 봐 세고 또 세느라 찰랑거립니다.

나는 무엇을 헤아려야 하는지 양손을 펼쳐 열 개가 무사함에 안도하고 늑골을 아래로부터 짚어보다가 시틋해서 그만둡니다. 개수대로 다 있으면 세상엔 내 애인이 없다는 증명일 테고 하나라도 모자라면 오랜 탐색을 멈추지도 못할 테니까요.

지금이면 골목은 어두울 겁니다. 자리를 뜨지 않네요.

마음에 안도의 어둠이 덜 내린 탓이겠지요. 익명의 거리인데도 자신에게 익명은 아니라서 망설이겠지요. 죄도 아니면서 익명 뒤에 숨고만 싶겠지요. 내 맘대로 부끄러움이란 포장지를 벗겨봅니다. 단번에 유혹할 수 있다는 자신감이 뭉쳐 있을까요. 유혹할 수 있을까 싶은 두려움이 몇 조각 흩어져 있을까요. 넌 짐승이라고 해버리면 제일 편하죠.

두 녀석의 시선이 건너편 덜 입은 여자의 허벅지를 바라보다가 고개 돌리다가 다시 흘끔거립니다. 남자의 시선보다 날카로운 대패는 없죠. 허벅지가 점점 더 날씬해지는 것만 같습니다. 벗다 만 여자 셋이 올라옵니다. 계단 바닥은 다 봤을 겁니다만 흔한 일이라 표정 하나 변하지 않습니다.

이제 캄캄하네요. 모텔이라는 네온간판이 선명하게 번쩍입니다.

고급은 대로변에, 보통은 뒷골목에 있죠. 그 부위에도 고급과 보통이 있을까요. 점심 먹자고 만난 연인은 오래 기다렸네요. 다섯 시면 캄캄해지는 겨울이 편리해요. 캄캄은 아니라도 희끄무레 백야가 지속된다는 북유럽도 좋겠죠.

펌프에 빨려들어 광교까지 송환된 물줄기들이 당혹으로 쏟아집니다. 하류가 어디냐고, 가던 길 가야만 한다고 서두르는 소리가 분분할 겁니다. 유리창에 막혀 들리지 않으니 짐작만 합니다. 연인들이 어둠을 기다리는 거라고 헛된 상상만 했습니다. 종일 어두운 나의 애련哀戀은 어디로 흘려보낼까 창밖 회화나무에게 물어보겠습니다.

정액대로 지불했는데 컵을 왜 나 혼자 치워야 하는지 모르겠습니다. 서로 사랑했는데 감정의 빈 잔을 왜 혼자 떠안고 당황하는지 카운터에 항의하러 갑니다.

이별과 이별하기

바다라는
여자

너는 바다의 인사법을 가졌다. 반갑게 다가가면 상대를 염려하지 않는 아이처럼 왈칵 발목을 적셔버린다. 물정을 알아버린 여인인 양 차가움 뒷면에 비린내까지 숨겨놓았다. 설렘이라 오역하는 호기심으로 입술을 대보면 짠맛뿐이다. 희석을 반복해도 달콤해지지 않는다. 너의 몸짓은 배냇적부터 파도를 닮았다. 견딜 수 없는 자세로 달려와서는 부서지기만 한다. 뭍으로 올라오지 않는다. 따라오라는 포말의 언어를 남긴다. 순식간에 사라지는 전언들, 임의로 해독하면 나락으로 가라앉는 덫이다.

너는 바다의 인사법을 가져서 출렁거린다. 멀리서 볼 때만 잔잔할 뿐이다. 사랑이 어디 그런가. 다가가지 않는 사랑은 열기 없는 열망이다. 거리를 두려워하는 사랑은 이기적이거나 비겁한 현명이다. 다가가지 못하는 절벽 건너의 사랑도 있다. 열기를 드러낼 수 없어 왕겨처럼 속으로만 타들어가는 사랑도 있다. 숯조차 되지 못하고 재만 날린다. 그러니 뭍으로 올라오라 외치는 내가 어리석은 거다. 법이 외면한 사랑도 흥청거린다.

바다의 인사법을 가진 너 하나만 봐도 바다는 여성명사다. 모든 비련의 상징이다. 상투常套가 난무하는 수평선이다. 빙점 아래의 침묵이었다가 사소한 웃음들의 천국이었다가 시나브로 침잠 쪽으로 속도를 올리는 회전목마다. 빙빙 도는 목마에 올라타지 않았던 청춘은 없다. 무사히 내려온 청춘도 없다. 수월했다는 에필로그는 현기증조차 느껴보지 못한 열쭝이의 만용이다. 그는 자신만을 사랑했거나 사랑을 사랑했던 거다.

감정의 문법 바깥에 출렁거리는 여성명사를 본다. 최강이라 토로하고 싶지만 내 쓰라림 때문에 발설하지 않는다. 열망이, 나름의 사랑이 패착으로 변질당하는 순간들 앞에 무너지곤 했다. 험담도 하지 않지만 칭찬 또한 인색한 심사를 누르지 못한다. 바다라는 여자, 여자라는 바다를 본다. 마주 앉는다. 팔월 땡볕은 등을 할퀴고 어깨를 찢을 기세로 달려든다. 바라보면 밍근하고 몸을 담그면 차갑고 돌아오는 길은 비린내만 휘감기는 바다인데도 외면하지 못한다. 바다는 이미 알고 있는 나의 습성이다. 이미 다 들켜버린 일이다.

단풍모텔
69호

나무로 된 성냥개비가 산을 태웠다면 동족을 말살한 냉혈한인가. 스스로 몸을 덜고 물기도 빼내버려 준비를 마친 나무들은 동조자가 아닌가. 발치마다 수북이 쌓인 낙엽은 어서 불을 당겨달라는 유혹 아닌가. 성냥개비만 유죄인가. 머리에 불이 붙은 채 일을 저지른 그에게도 변론의 기회를 주어야 할 일 아니겠는가. 태생을 핑계 삼아 서로를 부추긴 범인을 단죄해야 옳지 않겠는가.

너도 무죄고 나도 면책이다. 다만 서로를 탐닉했을 뿐이다. 대리석보다 더 매끈한 나신을 보여주겠다며 속옷 자국이 지워질 때까지 욕조에서 나오지 않는 너를 기다렸다. 등은 하나만 켤까 환하게 다 밝힐까 몇 번이고 스위치를 만지작거렸다. 누운 내 눈 앞에 찰랑이는 네 머리칼을 움켜쥐며 전율했다. 뒤로 젖힐 때마다 윤곽을 드러낸 가슴까지

182

매만지고 싶어 손이 두 개는 더 있어야겠다고 생각했다. 아니, 천 개의 손을 가졌더라도 모자랐을 것이다. 어디에 닿더라도 손가락 끝마다 심장이 달린 듯 쿵쾅거린다. 네 전신이 마법의 영토이다. 숨을 고르며 엎드린 네 등은 이슬 내린 잔디밭이다. 비스듬히 앉은 어깨는 고양이의 나른함이다. 부끄러운지 왼발을 위로 올려 뻗은 다리는 한 번 더 꿈틀거리게 만드는 소용돌이의 시작이다. 불 지른 내가 유죄인지 기름을 끼얹고 손짓한 네가 유죄인지 가늠할 일 없다.

산은 불타고 범인은 오리무중인 시월이다. 너는 뜨거워질 뿐 불타버리지 않는다. 전신의 뼈가 물러버리는 것 같은 순간이 지나면 나는 다시 견고해진다. 우리는 재가 되지 않는 연인이다. 저주인지 축복인지 알고 싶지 않다. 서로가 서로에게 인화물질이라서 내가 성냥개비면 너는 나목이다. 네가 성냥개비라 고백한다면 나는 기꺼이 수북한 낙엽이 되겠다. 촌스럽게도 우리는 방화범을 큐피드라 부르기로 했다. 시월에는 세상의 모든 촌스러움과 상투가 용서되기 때문이다.

3부

이별과 이별하기 위하여, 우리는 사랑에 열중한다

시작만큼 끝도
정성껏

화장한 여인을 본다. 불면으로 푸석한 얼굴을 갸름하게 보이도록, 잡티 번지는 뺨을 한나절 청춘으로 되돌리기 위하여 화장한 여인을 본다. 정성껏 세안하고 수렴화장수를 두드렸겠지. 자외선 때문에 썬크림 먼저 바르고 메이크업 베이스를 꼼꼼히 문질렀겠지. 색조도 입히고 아이라인도 그리고 눈썹을 말아 올린 후에 누에나방 눈썹蛾眉 같은 속눈썹을 붙였겠지. 섹시함은 입술에서 완성되는 거니까 윤곽선을 잡고 부드럽게 립스틱을 돌렸겠지. 아아, 그렇게 스스로를 치장하는 거겠지. 면도 후에 수렴화장수를 바르며 괜히 씨익 웃어보는 남자도 이와 다를 바 없지. 남자도 화장하는 세상이니까.

사랑은 화장 같은 것, 마음에 분홍 물이 들고 전신의 혈관에 화이트닝 에센스가 흐르는 기간이다. 그러나 사랑은 스스로 채색하는 과정은

186

아니어서 본인의 의지와 상관없는 방향으로 번지기도 하고 눈썹문신처럼 영영 지울 수 없는 실패가 되기도 한다. 화장은 하는 것보다 지우는 것이 더 중요하다는 말은 클렌징폼 업체가 만들어낸 상업적 잠언일까. 오랜 화장 끝에 얻어낸 저마다의 깨달음일까. 상관없다.

그러니 사랑은 전영록의 노래처럼 연필로 써야 하는 일일까. 사랑을 지우는 지우개가 있기는 한가. 연필은 우주공간에서도 쓸 수 있고 심해에서도 기록을 남길 수 있는 최강의 필기구인데 까짓 지우개로 지운다고 될까. 종이에 희미하게 남는 자국은 어쩔란 건가. 꾹꾹 눌러쓰지 않으면 되나. 성능 좋은 지우개를 만들어야 하나. 종이와 다를 바 없는 마음을 투박한 지우개로 울며 문지르다가 찢어지면 어쩌나.

화장을 지우지 않고 자는 사람은 없다. 술에 떨어지거나 절망으로 쓰러지듯 침대에 눕는 경우라면 모를까 누구나 화장을 하고, 화장을 지운다. 화장한 얼굴 위에 다시 또 다른 화장을 하지 않는다. 그런데 왜 다 지워지지도 않은 사랑 위에 또 다른 사랑을 세우려 하나. 색이 섞이고 립스틱은 번지고 속눈썹은 언제인지도 모르게 한쪽이 떨어져 나갔는데 말이다. 이러니 지우는 일에, 사랑을 갈무리하는 일에 절정이던 시절과 같은 정성을 다해야 한다.

사랑이 지속된 기간만큼의 정리 기간이 필요한 거다. 뒤섞여 누구로부터의 감정인지도 모르는 상황이 되면 어떤 사랑도 제대로 받아들일 수 없는 거다. 외면한 채로 시간이 가면 정리하려는 마음이, 버리는 장치가 고장 나는 거다. 감정의 홍수를 겪게 된다. 일상의 지진을 체험하고 번민한다. 그러니 마무리를 잘해야 한다. 화장을 지우듯 더 정성스레 오랜 시간 동안 지나간 사랑을 지워야 한다. 거리에 통용되는 색들을 섞으면 회색에 가깝고 전부를 섞으면 검정이 된다. 당신들도 나도 검정보다는 무지개를 원한다.

걸어서 갈 수 있는
천국

번민은 가깝고 신은 멀다. 아무래도 신과 나의 저울은 서로 다른 눈금을 가졌나 보다. 거기서는 깃털일지라도 정작 나는 늑골이 휘어지는 하중을 느낀다. 스스로 짊어질 수 없는 무게를 안으면 신이 야속하고 게으르단 생각까지 한다. 더는 견딜 수 없는 불면의 밤을 지내고 새벽이 오면 신은 없는 거라고 낙담하기도 한다. 모순이 돌부리보다 예리한 이 거리에 그는 진정 없는가. 배반의 골목마다 칼을 숨긴 자들이 판을 치고 약속도 맹세도 봄눈보다 빨리 스러지는 인간의 대지를 신은 내려 보고 있기나 한가. 너희들 일이라고 담담 구름이나 휘저으며 낮달을 걸어놓고 오수에 들어버린 건 아닌가.

안나푸르나 이마가 서늘하다. 부은 발등을 어루만지며 잠들었을 여행객들은 이제 눅눅한 잠을 벗었을까. 걸어오느라 견뎌야 했던 통증들은 희석됐을까. 나는 단지 스치는 바람의 시선으로 사진을 본다. 무정한 신이, 게으르단 험담을 듣고도 대꾸조차 없었던 신이 거기 있음을 본다. 혼탁한 거리를 배회하는 게 아니라 안나푸르나의 이마를 짚어보며 고요히 홀로 보냈을 새벽을 본다. 석굴암 대불 앞에서 하마도 터지려는 통곡을 견디고 있다 노래했던 청마靑馬의 심상을 생각하면 그의 무릎도 번민으로 차가울 것이다. 너희들은 모를 걸림이 전신에 가득하다 말하고 있을 것이다. 단지 들을 수 없을 뿐인가.

미욱한 성정으로 신은 없다고 불만할 게 아니라 찾아가야 하는 거였다. 신의 무릎 아래 고요히 고개 숙이며 사는 사람들의 안색을 살펴야 비로소 얻을 수 있는 평화였다. 문을 닫아두면 봄바람이 들어오지 못하는 이치와 마찬가지로 찬바람에도 문을 닫지 않는 용기와 힘이 필요한 거였다. 안나푸르나에 가고 싶다. 비열한 거리에서 신을 찾고 신을 원망하진 말아야겠다. 쓰린 풍경을 외면하며 신이 유기遺棄한 것들이라고 핑계대지 말아야 한다. 어쩌면, 어쩌면 신은 거기까지 오게 하려고 내게, 우리에게 펄펄 끓는 번민을 던졌는지 모른다. 안나푸르나의 서늘한 이마를 바라보는 것만으로도 식어버릴 번민 말이다.

이별과 이별하기

깨달음에 늦었다는
말은 없다

당신을 꽃이라 생각하던 밤이 있었다. 당신이 꽃으로 보이던 저녁들이 있었다. 장미 만발한 화원에 서성이는 당신을 보며 꽃 따위가 감히 겨룰 수 없는 사람이라고 확신한 날은 잠들지 못하고 뒤척였다. 포옹한 채로 더도 말고 백 년만 굳어버렸으면 싶었다. 지나는 사람들은 못보던 조각이라고 하겠지. 우리의 심장이 잦아들면 비로소 새소리가 들리고 눈을 감으면 그제야 노을빛 구름들이 망막을 적시며 지나가겠지. 명패도 없으니 서로들 작품명을 한 가지씩 붙여보겠지. 사랑, 포옹, 열정 등속의 제목들 말고 백 년, 혹은 천 년이라 이름 지을 누군가가 있다면 그는 사랑을 아는 사람이다. 혹은 사랑이란 호수에 영혼은 익사하고 몸만 남아 돌아다니는 미라다.

환희에 젖는 순간 지속이란 욕심까지 떠올리기는 힘들다. 그 벅찬 느

192

낌 때문에 장님이 되고 귀머거리가 되고 머리는 백지상태로 비워지게 된다. 심장은 쿵쾅거리는데도 피는 돌지 않는다. 멈춰선 채로 뜨거워지기만 한다. 몸은 떨리고 동공은 우주를 다 채워도 모자랄 만큼 넓어진다. 이 복잡 미묘한 상황에서 어찌 지속되기를 갈망할 수 있겠는가. 갈망이란 체험 이후의 반응이다. 경황없이 감정의 격류를 헤매다가 비로소 잦아든 후에야 다시 느껴보기를 소원하는 심리다. 허나 한 번 지나간 환희는 좀처럼 다시 오지 않는다. 지하철 순환선이 아닌 것이다. 요행히 어제 앉았던 자리에 앉는다 해도 옆자리엔 덩치 큰 초면의 사내가 한껏 다리를 벌리고 있을 것이다. 불행보다는 다행이라고 생각하련다. 환희만 지속된다면 인간의 늑골은 버텨내지 못하고 폭발했을 것이다.

꽃 이후를 생각한다. 환희 다음에 오는 것들을 유심히 봐야겠다. 절정의 순간에 급전직하 하는 사내의 생태보다 완만하게 내려오는 여인의 그래프를 잊지 말아야겠다. 꽃만 꽃이 아니라 꽃 진 자리도 꽃이다. 새싹이 돋아나는 순간부터 스러져 영영 사라지는 때까지가 전부 꽃이다. 그대는 혹시 잊고 살지 않았나. 피어나는 꽃만 탐하기에도 짧은 청춘이라고 껄껄거렸나 보다. 미안하게도 들키지 않은 갈망은 향기를 남기지만 드러난 수작은 쓰레기만 남긴다. 이제야 꽃의 전부를 어렴풋 깨닫고 있다. 그러니 내 가슴은 여전 꽃밭인 거다. 그대들은 어떠신가. 마른 꽃대들 무리에 들불이라도 놓고 싶으신가. 그렇다면 반성이 아니라 적개심만 무성한 셈이니 백 년만 더 외로움에 떨면 되겠다. 사실은 그대들과 나를 바꿔도 틀릴 말 하나 없다.

직진하는
감정들

평면인 유리에 떨어진 물방울은 결국 운명처럼 아래를 향하겠지만 처음엔 어디로 가야 할지 망설인다. 바람이 힘을 주는 쪽으로 떠밀리곤 한다. 승용차 전면유리의 빗방울들은 달리는 동안 바람 따라 옆으로 밀리거나 솟아오르다가도 신호등 앞에 멈출 때는 뒤이어 쏟아지는 무게들과 함께 아래로 흘러내린다. 천천히 추락하다가 서로 몸을 더하며 가속되는 궤적에서 슬픔을 본다. 가속되는 순간에 거기 더해지는 것은 무엇일까. 위로의 몸짓인 것 같았는데 추락에의 가속일 뿐이라니 관계란 결국 그런 것인가. 포옹도 위로의 몸짓이면서 서로에게 종말을 가속하는 일인가.

방향을 가진다면 슬픔도 줄일 수 있겠다. 종말의 방향을 안다면 차라리 눈감고 기다릴 수 있겠다. 유리처럼 밋밋한 가슴 말고 골함석처럼 일정한 간격을 가졌으면 좋겠다. 얇은 판은 출렁거리고 쉽게 꺾이지만 골을 잡아주면 탄탄해진다. 양단을 걸쳐놔도 아래로 휘어지지 않는다. 처짐 없이 팽팽하게 자존심을 지킬 수 있다. 어느 한쪽을 높여놓으면 방황 없이 아래로만 흘러내릴 수 있겠다. 옆으로 지나가는 존재들을 궁금해하지도 않고 별 것 아닌 위로도 건넬 필요 없겠다. 우묵한 홈이 저마다의 눈가면blinker이 되어 아래로만 내달릴 수 있게 해줄 것이다.

빗물을 막아 내부를 젖지 않게 하는 지붕처럼 심상에도 골함석이 있어서 폭우 같은 참혹이 쏟아진대도 머뭇거리지 않고 곧장 흘러내렸으면 좋겠다. 어쩌면 내부에도 비는 내리는 법이려니 가슴에도 홈이 있어서 다른 부위로 번지지 않고 내려가 버렸으면 좋겠다. 하나의 슬픔이 전부를 적시는 일 없도록, 한 사람과의 이별이 모두에게 등 돌리는 후유증으로 악화되지 않도록 감정의 평면에도 홈이 있었으면 좋겠다. 서로가 홈을 가진다면 밋밋한 평면일 때보다 외려 흔들림 없이 밀착할 수도 있겠다. 더 사랑하는 사람이 바깥이 되어 먼저 낡아간대도 언젠가 녹물은 안으로 스미어 서로가 붉어지겠다. 당신과 내가 밀리고 버름해지는 평면이 아니라 골함석처럼 포개진 채 낡아간다면 그 시간들을 사랑이라 불러도 그만이겠다.

해당
화

어디에 두었나 모르겠다. 당신 이전의 감정들을 마음 서랍 어느 칸에 개켜 넣었는지 알 길 없다. 내 것인데도 도거리로 당신이 갈무리 하게 두었었다. 찾아지지 않으니 잃어버린 것인가. 아니다. 이렇게 되고 보니 당신이 어질러놓고 간 셈이다. 나쁜 사람이다.

모래가 바람에 몸을 굴린다. 얼마나 더 작아지고 싶은지, 소멸의 문턱을 기어코 넘겠다는 몸짓인지, 제 몸을 부수고 있다. 움켜쥐면 뭐하겠나. 아귀에 힘을 줘도 서로를 밀쳐내기만 한다. 해풍을 타고 다른 자리로 옮겨 앉는다.

피었을 때는 보이지 않았다. 가시를 볼 일 없었다. 벌레가 갉아먹고 꽃은 스러지니 가시가 보인다. 가시만 억세어진다. 죄 없다 자신하고도 뾰족한 것을 정면으로 바라보지 못하다. 본래 내 것이었다, 측은하다 싶어 꺼내놓은 감정들이 움츠러든다.

해당화 점점이 남아 있는 사구砂丘를 혼자 걷는다. 툭툭, 발로 차면서 이젠 쓸모도 없는 것들이라 탄식한다. 혼자 남아도 괜찮다고 웃어줄 걸 그랬다. 한 다발 꺾어드릴 걸 그랬다. 가시에 찔려 피 흘린다 해도 지금 이 눈물보다는 맑았을 것을 왜 이제야 아는가. 마음에 가시만 남아서야 쓰라림이 만발한다.

밀지도 당기지도
않으면서

연애는 당연 떨림이다. 눈빛만 섞여도 뒷덜미에 산사태가 난다. 어쩌다 손이라도 스치면 불에 덴 듯 화끈거린다. 그녀의 샴푸 향기는 투명한 빗줄이다. 도무지 풀 방법이 없는 마법의 매듭이다. 그의 스킨로션은 천 갈래 손가락을 가졌다. 무심한 척 앉아 있는 여인의 전신을 짚어댄다.

연애는 당혹이다. 며칠을 밤샘하며 만든 사다리를 창문에 걸쳤는데 애를 써도 손이 닿지 않는 밤이다. 나란히 저울에 올라갔는데 단번에 상대 쪽으로 기울어버리는 물매다. 내게로 기울어지는 것을 상대는 눈치도 채지 못하는 새벽이다. 술이 균형추 역할을 하겠다고 거짓말해도 믿고만 싶은 나날들이다.

연애는 견딤이다. 기다려주고 정작 곁에 왔을 때에도 내 갈급을 참아내는 연애를 해보고 싶다. 더 멀리 가지는 말라고 붙들면서도 정작 힘껏 당기지는 않는, 당길 수 없음을 알아버린 연애를 하고 싶다. 비겁하다고 비난한다면 달게 듣겠다. 그러나 때론 비겁해서라도 지켜야만 하는 상대가 있다. 비겁한 자신을 바라보며 절망하는 크기만큼이 사랑일 때도 있다.

포구의 볼라드Bollard를 본다. 배가 들어오면 목에 밧줄을 걸고 견딘다. 물살에 따라 배가 밀려갈 때마다 더는 밀려나지 않도록 버텨준다. 그러나 당기지는 않는다. 배 또한 의지하고 있으면서도 더 가까이 당겨달라고 요구하지 않는다. 더는 배가 들어오지 않는 포구라면 혼자 녹슬어가는 시간만이 바다처럼 남게 된다. 닻줄에 스미어 있는 장력 자체가 사랑인지 모른다.

볼라드에 지난 연애들을 걸어보았다. 떨림이라고, 행복한 당혹이라고 내 스스로를 위로할 걸 그랬다. 떨림과 당혹 사이에서 행복하지 않았느냐고 내 자신에게 되물을 걸 그랬다. 다시 기회가 와도 여전 망설이고 허방을 짚을 거면서 연애가 무엇인지 아는 척하지 말아야겠다. 인천 을왕리 해변으로 밀려들어온 바다를 보며 공연히 출렁거렸다.

이별과 이별하기

기차는 8시에
떠나네

저녁은 승차권이다. 일광만 가득하던 하늘을 승객들에게 열어주는 시
간이다. 갈망하던 자만이 탑승할 수 있다. 열차의 옆면에 붙어 있는
행선지 표지판 따위는 없다. 각자가 그려두었던 곳으로, 지울 수 없는
얼굴에게로 직행한다. 하늘은 저마다의 자리를 찾아 앉을 때까지 기
다렸다가 어두워진다. 말 못할 사랑에게 가려는 승객에 대한 배려다.
얼마나 먼 곳인지 절망하지 않도록 감춰주려는 호의다. 깊은 밤 창문
을 열고 들어가 잠들어 있는 그니와 포옹할 수 있도록 시간을 맞춰주
는 거다. 기관사가 드라마를 안다. 문밖이 저승이라지만 세상 끝까지
달려도 입구를 찾을 수 없기에 창밖을 캄캄하게 가려준다. 기관사는
먼저 보낸 누군가가 있다는 뜻이다. 승객들을 다 내려주고 그곳에 가
서 오래 울곤 하는 까닭에 새벽이면 풀이 젖는다. 안타까운 곳에 내
린 승객들도 눈물을 멈추지 못해서 아침이면 동쪽 하늘이 충혈된 듯

붉은 거다. 나는 오늘 어디로 떠나려고 하늘만 보나. 남쪽만 바라보면 어쩌자는 말인가. 거기는 물빛 같은 눈을 깜박이며 구름의 방향을 가늠하는 사람이 있겠지.

참았다가 느티나무 이파리 붉어지면 몇 장 가지고 갈까. 만물이 내 마음 같아서 이리 물들었다고 떠벌여야지. 꾹꾹 누르고 웃기만 해야지. 아니다. 저 늠름한 장송이 혼자 푸르고 백설을 얹은 채로 견디는 모습을 사진으로 담아갈까. 내가 이렇다고, 천 년이고 만 년이고 어깨 펴고 곁에 서 있겠다 으쓱거려야지. 피가 송진이라서 비린내 아닌 향기가 됐다고 농담해야지. 어둔 길을 가게 되면 피를 꺼내 관솔불 켜주마고 장담해야지. 듣는 그대 눈꼬리가 가늘어지면 행복하겠지만 불편해하면 어쩔까. 더 기다렸다가 벚꽃 만발하면 한 움큼 쥐고 가야지. 천지간에 꽃잎을 가득 뿌려 사람들 웅성거릴 때 아무도 몰래 도망가자 해야지.

하늘이 점점 어두워진다. 출발이 임박했다는 신호다. 느티는 연한 갈색이고 소나무는 푸르고 벚나무는 잠잠 화려했던 시절을 감추고 있다. 짐 챙기다 열차 놓치는 초보처럼 황망해진다. 나 하나 가면 그만인데, 눈빛만 봐도 서로 알 터인데 주머니를 뒤지기만 한다. 누가 볼까 서랍 깊이 감춰둔 것들을 만지작거린다. 잠시 뒤에 떠날 열차 앞에서 머뭇거린다. 그니가 이리로 오는 열차에 탑승했는지도 모른다. 달려갈 생각에 지쳐 몇 번이고 다녀간 그니를 맞이하지 못한 채 잠에 빠졌는지도 모른다. 그니가 나를 안아보고 입 맞추고 흐트러진 가르마를 정리해주고 갔는지도 모른다. 바보인 나는 이것저것 챙기느라 저 열차에 탑승하지 못한다면 오늘도 창문 열어두고 잠들 수밖에.

남해
서신 5

향일암

새들도 저녁이면 낮게 난다. 생의 하중이 늘어난 까닭이다. 기울어진 시월 햇살이 해남 쪽에서 거북바위 너머로 날아가는 날개들 아래를 비춰준다. 한낮의 맹렬함이 사위는 시간이니 태양도 때를 알고 버거운 존재들을 측은하게 여긴다. 새가 새일 수 있음은 날개 아래의 힘이었음을 증명해준다. 곁부축이 될까 싶지만 돌아가기에 수월할 것만 같다. 새들도 저녁이면 낮게 난다. 소금기가 날개에 겹겹 쌓인 탓이다. 목숨을 부지하기 위해 파도를 뚫고 수면을 찢느라 스스로를 소모한 것이다. 죽은 새를 손에 쥐었을 때 놀랄 만큼 헐거운 것도 새는 전부를 허공에 남겨두고 지상에서 죽기 때문이다.

새들도 저녁이면 마른 둥지로 돌아간다. 비린 것들을 움켜쥐느라 저린 발목을 다스려야 한다. 바다에서 나는 모두가 제 것임에도 눈치 보이는 포구를 잊어야 한다. 고등어 떼보다도 느린 배를 따라가며 구걸하던 오후의 치욕을 씻어야만 한다. 시월은 밤이 길어지는 시간, 칠월보다 목숨 부지하기가 지난한 까닭에 밤도 길어야 한다. 저것들도 언젠가는 영원히 지상에 내려앉을 것이다. 중력을 벗어날 수 없다는 걸 알면서도 아침이면 날아오른다. 숙소도 정하지 않고 향일암 벤치에 앉아 바다를 내려다본다. 수면 가까이 날아가는 새들의 등을 본다. 오늘은 어디에 몸을 뉘어야 하나. 햇살이 나는 비춰주지 않는다. 서둘러 마른자리를 찾아야 하는 객지의 저녁이 노을보다 붉게 녹슬고 있다.

남해
서신 6

바다와 산국山菊

여린 것들은 느꺼워 온몸으로 시월을 운다. 따사로웠으나 밤이면 무참했던 삼월을 잊지 않았다. 체온을 나누며 견딘 나날들이다. 폭풍에 뿌리까지 흔들릴 때는 절망했다. 부지런히 힘을 길러 대지를 움켜쥐어야 했음을 후회했다. 염천에 이파리들 전부가 지글거리는 오후에는 포기하고 싶었다. 잦아들고 있다. 격렬한 모든 것들이 사위고 산들바람만 남았다. 그러나, 봄바람에 묻어 있던 온기가 없음을 안다. 이 고요 뒤에는 일체의 침잠만이 남았음을 예감하고 산국이 운다. 가야 할 시간이 다가왔다고 하늘엔 저녁마다 붉은 주단이 깔린다. 산국이 시월을 우느라 희다.

바닥을 보이지 않는 바다는 안색만을 바꾼다. 과묵한 맏형이다. 그 속인들 안온한 날 없었다. 어부들의 시신을 품고 있으면서도 인간과는 다른 언어를 쓰는 까닭에 여기 있다고 일러주지 못했다. 유족들 절규에 출렁거리기만 했다. 달빛이 무한정 쏟아져도 그만하라 말리지 못했다. 외로운 사람들을 적시느니 죄다 이리 오라고 가슴을 열었다. 달무리 흔한 칠월에는 에메랄드였다가 안색이 사파이어로 바뀌었다. 달빛도 차갑게 식어 푸른빛을 더하는 시월인 까닭이다. 과묵해서 얼룩이 지지 않고 만형이라서 재바르게 뒤집지도 않는다. 비늘 두른 것들도 때를 알아서 남으로 내려가고 북으로 치닫느라 분주하지만 목숨 가진 것들의 궁리려니 겉으로 드러내지 않는다. 패각은 잠잠 펄 속으로 몸을 묻고 갑각은 늦은 산란을 치르느라 살이 물렀으리라. 모두가 수면 아래의 일인데 바라보는 마음만 그 위를 부유한다.

해국만큼 아름답게 울 줄 몰라서 앉아만 있다. 부글거림 가득한 멍울을 담고 있으면서, 어느 솔기를 뜯어야 한 번에 쏟아질지 궁리만 한다. 바다같이 과묵하지도 못해서 팽나무 그늘에게 말을 건다. 시월이니 너희들도 희미해지는 거 아니냐고 묻지만 흔들릴 뿐 답이 없다. 바다를 닮았는지 해송은 표정 한 번 바꾸지 않는다. 세상에선 가을이라 부르는데 부소암에서는 울음이다. 부소암에서는 바다가 만형으로 보이지만 내려가면 쓸쓸한 친구고 애인이며 쥐어지지 않는 사랑이다. 산국에서 바다까지가 가을의 중심인데 나는 변방을 서성거린다.

이별과 이별하기

선택

가을 산은 불친절하다. 여름처럼 삼엄한 넝쿨로 막아서 아예 포기하게 만들지도 않고 겨울처럼 다 비워 길을 터주지도 않는다. 마음은 움직이지만 선뜻 비탈로 올라설 수 없다. 바짓단에 도깨비풀이 달라붙는다. 생의 한 페이지를 넘기는 일은 따끔하다고 발목을 찌른다. 억새가 힘없이 털려나간다. 화사함도 때를 지나면 허망할 뿐이라며 바람을 탄다. 봄이면 언제 그랬냐는 듯 무성할 거면서 칡이 버석거린다. 죽은 목숨 매한가지라고 엄살을 떤다.

단풍나무와 복자기나무는 빨갛다. 끝이라는 경고다. 절망의 가을이라 말해놓고 속으론 부정한다. 그럴 리 없다고, 어떻게든 멈추지는 않을 거라고 주먹에 힘을 준다. 잔바람에도 흔들리는 너희들 따위가 끝이 무엇인지 아느냐고 둥치를 한번 걷어찰까 생각한다. 혹시나 저 신호가 맞는다면 어쩌나 싶어 섬뜩하다. 저만치의 빨간 신호등을 정면으로 바라보기 싫다.

개암나무는 노랗다. 방향을 바꾸라는 뜻이다. 회의만으로 도달할 수 있는 자리는 없으니 맴돌지 말고 왼쪽이건 오른쪽이건 과감하게 틀어 보라는 거다. 그러나 어느 한쪽으로 돌리는 순간 무엇이 기다릴까 겁나고 등 뒤의 길이 평탄한 건 아닐까 미련이 남는다. 이러지도 저러지도 못하다가 차라리 화살표를 내걸라 소리치기 직전이다.

소나무는 여전 초록이다. 주변이 어찌 바뀌건 간에 달려보는 성격이다. 벼랑일 게 빤한데 달리는 건 치기일 뿐이다. 유행 지난 낭만이다. 성공하면 뚝심이지만 실패하면 우매함의 표본이 된다. 감感의 농도를 자신할 수 있을 때에만 가능한 방식이다. 미련한 짓이라고 자평하면서도 누군가 달려간다면 그의 뒷모습을 부러워할 것만 같다.

가을 산은 불친절한 줄 알았다. 어쩌라고 세 가지 신호등을 한꺼번에 내걸었나 탄식했다. 망연히 서서 바라만 보다가 선택의 문제라고 깨닫는다. 빨강 노랑 초록 신호등 모두를 켜놓았으니 직진할 것은 그리하고 당장에 멈춰야 할 일은 망설이지 말라는 잠언이다. 누구에게나 심사숙고 후에 방향을 결정할 문제가 있을 거니까 스스로를 채근하지 말라는 다독임이다. 산이 될 깜냥이 아니라면 산을 알아볼 심안이라도 가져야 한다. 아버지의 척추 같은 저 산이 맥없이 몸을 바꾸는 게 아니었던 거다.

중국단풍이
떨어지는 밤

나무마다 빼곡히 앉아 있던 새들이 떠난다. 팔랑거리며 오월을 찬미하던 웃음소리다. 염천을 건너는 행인에게 그늘을 펼쳐주던 마음이다. 유치원 다녀오는 꼬맹이들에게 선생님께 배운 노래 불러보라고 포르롱포르롱 말을 거는 장난기다. 뇌일혈로 죽다 살아난 반신불수 노인이 절룩거릴 때에는 자유로운 몸짓을 멈추고 기다리던 애틋함이다. 절반도 팔지 못한 호떡장사 천막을 톡톡 두드리며 괜찮다고, 조금 있으면 학교 끝난 아이들이 몰려올 거라고 격려하던 어른스러움이다.

물새들이 떠난다. 허공을 물속처럼 유영하며 햇살을 받아먹던 그들이 어딘가로 떠나고 있다. 다시는 돌아오지 않는다고, 돌아오면 새로운 몸으로 허공을 유영하겠노라 퇴색한 발목을 스스로 잘라버렸다. 단호함 아니면 시간이라는 난바다를 건너갈 수 없다는 듯 순서를 기다린다. 누구도 망설임 없다. 망설임 없는 것처럼 안간힘이다.

언제던가 내 사랑도 떠났다. 다시는 나 같은 나무에 앉지 않겠다고 발목을 버리고 갔다. 다리 없이 돌아온다는 건 불시착일 뿐이니 아무도 없는 사막에서 홀로 죽어버리겠다고 울었다. 정체를 알 수 없는 날짐승인 나는 오랜 서식지를 떠난다. 돌아오지 못하게 발목을 자르는 동안 아무런 저항도 할 수 없었다. 내 사랑이 그랬듯 사막으로나 불시착하지는 않을 것이다. 사랑은 나만의 일이었지만 현실은 혼자만의 일이 아닌 까닭이다. 당황했지만 불행이라고 기록하지 않았다.

늦은 산책을 나갔다가 가로등 아래 수북한 중국단풍 이파리를 주워왔다. 선택이건 강압이건 바닥에 널브러진 것들은 안쓰럽다. 크기가 비슷한 한 쌍씩 놓고 보니 물새들의 갈퀴발로 보인다. 가는 발목이 세파에 시달린 후유증 같아 조심스레 만져주었다. 세족식이라도 하는 것처럼 식탁에 놓고 하나하나 닦아주었다. 고단했으려니 이제 쉬라고 속삭여주었다. 긴 잠에서 깨어나면 또 다른 봄이 당도할 거라고 위로했다. 시간이 가져온 퇴색은 죄가 아니라 변화일 뿐이라고 용기를 돋워주었다. 그냥, 한참을 바라보았다. 밤바람이 차가웠지만 견디지 못할 추위는 아니었다.

이별과 이별하기

사소하고
심각한 우연

무른 자리에는 흔적이 깊게 남는다. 작은 새가 앉았다 날아가더라도 선명한 발자국이 찍히는 거다. 부리를 댄 자리마다 파이고 먹어야 하는 생존의 고단함이 새겨진다. 가을엔 비가 지나간 자리마다 폐허다. 낙엽이 젖어 몸을 낮추고 부스럭거리는 소리조차 젖어 잠잠하다. 올라오던 길목의 과수원에는 미처 여물지 못해 주인에게 외면당한 배들이 시커멓게 변색되고 있었다. 초록을 남기느라 안간힘 쓰는 풀포기들에 매달린 빗방울이 아프다. 부딪혀 산란하는 햇살이 날카롭게 날아온다. 오월이라면 청명함을 느꼈을 텐데 십일월이라서 무겁다. 초록이라 목숨이 붙어 있는 풀포기인데 오죽 시릴까 싶어 슬며시 털어주고 싶은 십일월이다. 밤나무는 아람을 다 내주고 녹슨 바늘뭉치만 매달고 있다. 저걸로 비어버린 가슴을 바느질하겠다는 심사인지 묻고 싶지만 내게도 솔기가 터진 부분이 많아 차라리 바늘을 달라 했다. 수

선할 방법도 없어 생살을 찌를 테지만 다급한 마음에 어떻게든 해보려 했다. 약속도 없는 날인데 발걸음이 빨라진다.

산고양이가 앉아 있는 무릎으로 올라온다. 정상에서 봤던 녀석인데 어느새 산 아래 절집 마당까지 내려왔다. 하늘은 아이를 수능 시험장에 들여보내고 온 부모들의 독경소리로 절절하고 그 울림소리에 은행잎이 하르르 떨어진다. 해마다 겪는 일인데도 단풍은 응원하느라 손이 붉어졌다. 한 뼘이라도 더 올라가 햇빛을 받아야 했던 칡덩굴은 얽히고설킨 제 몸을 풀어 쉬지도 못하고 바람에 흔들리기만 한다. 살아낸 흔적이고 살아가야 할 몸짓이지만 바라보는 자체가 현기증이다. 수험생 부모들 틈에 끼어 점심공양이라도 하고 갈까. 재작년 일인데 벌써 남의 일이 돼버린 간절함을 되살려볼까. 생각이 갈피도 없이 흩어진다. 이름도 모르는 산고양이가 무릎에 올라왔다고 달라질 건 없다. 이 무슨 인연인가, 지장보살 앞에서의 만남이니 누군가가 보내신 건 아닌가 하며 전설은커녕 동화에도 미치지 못할 공상을 한다. 신묘한 일이었으면 싶다. 무른 자리에는 흔적이 깊게 남는 것처럼 마음이 허해진 탓에 사소한 일에도 흔들리는 거다. 어떻게든 갈망하는 방향으로 붙여보고 싶은 욕심이다. 녀석이 남기고 간 발톱자국 때문은 아닌데 어딘가가 쓰리다.

이별과 이별하기

어느 단풍환자의
고백

산에서 내려오는 모두가 방화범이다. 제 속 하나 다스리지 못해 불을 놓은 거다. 사내의 울분이 용암으로 끓다가 넘친 거다. 실연으로 부글거리는 여인과 마주친 가랑잎에 불이 붙은 거다. 백일기도, 천일기도에도 소원을 이루지 못해 집어던진 절망이 소나무 둥치에 부딪히며 불꽃으로 번진 거다. 키워놓으면 헛일인데 자식 낳자고 돌부처 앞에 엎드리던 정성이 기다리다 못해 뒤집힌 거다. 화력 좋은 단풍나무는 벌겋고 신갈나무는 타는 둥 마는 둥 연기도 없이 사윈다. 신난다고, 바람이 오두방정이다. 사방 돌아다녀 속사정을 다 들었으면서도 풍구질만 해댄다.

산에 오른다고 방화범 혐의를 씌울 수 있나. 불을 놓기야 했겠나. 치솟는 울화를 견디지 못해 쳇물을 흘렸을 거니까 무죄다. 무엇이든 닿는 순간 불이 붙고 바위에 떨어졌다면 구멍이 났을 거다. 이해한다. 그러려니 공감한다. 그대가 방화범으로 몰린다면 아니라고 증인 서겠다. 산에 오르기 전부터 속은 이미 재만 남았는데 무슨 혐의냐고 항변하겠다. 부글거리면 산에 오를 힘도 없다고, 그것도 모르며 재판하느냐고 소리치겠다. 의심스러우면 내년부터는 온 산에 철책이라도 두르자고 청원하겠다. 불붙지 않는 침엽수만 남기자고 서명운동 하겠다.

미안하다. 내가 그랬다. 빌어먹을 세상 질러버려야 시원할 거 같았다. 초입에 불 놓고 정상으로 오르면 팔부 능선쯤에서 불길에 따라잡혀 타죽을 줄 알았다. 신원미상의 숯덩이로 사회면에 실리려던 참이었다. 팔다리가 긴 노루라고 오해하게 만들려 했다. 익명도 거추장스러워 노루 따위로 사라지려 했다. 단풍만 보면 환장하겠는 거라. 저 붉은 손바닥만 보면 내 안의 짐승이 으르렁거리고 송곳니를 드러내는 거라. 붉은 것도 힘겨운데 뜨거워지기까지 하는 피를 감내할 수 없는 거라. 심장이 늑골을 뚫고 나와 저 혼자 쿵쾅거리며 뛰어다니는 거라. 손이라도 베면 분수 높이로 피가 솟아 하늘이 벌겋게 물드는 거라. 그래, 놀랍겠지만 노을도 내 탓이다. 11월은 못 견디겠는 계절이다. 어느 시인이 나를 단풍환자라고 지목했을 때 수긍하고 말았다. 병 아닌 병이라고, 그가 동병상련이라 중얼거리는 소리를 얼핏 들었다.

승부

한 번이라도 이겨보고 싶었다. 지고 돌아오는 저녁마다 골목은 차가웠고 전단지가 덕지덕지 붙어 있는 전주가 서낭당 당산나무로 보였다. 지켜주기는커녕 다리나 걸고 앞길에 구덩이나 파놓는 귀신 따위로만 느껴졌다. 목이라도 매버릴까 올려보았다. 매달려 대롱거릴 때 밧줄을 끊어준다면 내 편이고 숨이 넘어가버리면 역시나 내 편이 아닌 거였다.

난맥으로 얽혀 있는 전깃줄을 보며 세상이 저런 것이라고 체념했다. 도무지 풀 수 없는 매듭인 것 같아도 전기는 가야 할 방향으로 어김없이 흐르고 전구에 이르러서는 환하게 몸을 태운다. 길을 잃은 게 아니라 아직 가야 할 거리가 많이 남았다고 생각하며 여기까지 왔다. 지기만 하는 게 아니라 아직 이길 일이 없는 탓이라고 마음을 벼렸다.

사랑은 시작되는 순간부터 낡아간다. 싹을 내미는 순간이 가장 아름답고 순수하다. 나무가 자라는 거 아니냐고, 그늘을 만들어 서로를 초대할 수 있지 않겠냐고 토 달았던 적 있다. 돌아보면 성장도 결국 낡아감의 한 갈래일 뿐이다. 세파에 휩쓸릴 때 사랑도 급류 앞의 제방처럼 쓸려나간다. 침식되는 거다.

어느 연인이 쌓고 간 돌탑을 보며 이제 무너질 일만 남았다고 생각했다. 현실에선 무너지고 당사자들 기억에선 오래도록 남을 상징이다. 사랑을 승부인 양 가늠하고 살았다. 스무 살 청춘의 맹목이었다. 첫사랑의 침전물에서 배어나온 독성물질이다. 진정 이기고 져야 한다면 기꺼이 지는 쪽을 택하겠다. 승부를 내야 한다면 패배자가 되어 빙그레 웃으며 돌아가겠다. 어렴풋 사랑이 무엇인지 알 것도 같은 11월이 왔는데 내 사랑은 뿌리만 남았는지 뿌리라도 남았는지, 보이지 않는다.

이별과 이별하기

11월 밤의
소나기

누가 제 가슴을 버리고 갔다. 이별한 사내다. 무너지는 소리가 가까이로부터 멀리까지 들린다. 번개가 먹빛 하늘을 뻐개버린다. 늑골이 부러지면 나는 소리다. 대퇴골이 으스러지는 순간 터지는 빛이다. 분노와 서글픔과 허탈이 순서 없이 몰려온다. 우르르 쾅쾅 두드리니 분노다. 나무의 머리채를 잡고 흔드니 역시 분노다. 사위를 적시니 서글픔이다. 바닥에 닿는 순간 순해지며 흐르기만 하니 또한 서글픔이다. 하르르 쏟아지는 이파리들은 허탈의 잔재들이다. 절망으로 들어가는 출입증이다. 가만두어도 저절로 비워지는 11월 밤에 감정의 조각들이 쏟아진다. 붙잡아도 소용없는 11월인데 씻어 내린다. 남은 것들마저 내던지겠다고 퍼붓는다. 눈빛을 교환하던 순간의 안온함은 어디로 휩쓸려 날아갔을까. 서두르던 키스의 달콤함은 하수도 어느 방향으로 빨려들어 갔을까.

다급한 발자국 소리 들린다. 답신을 기다리다 견딜 수 없어 달려가는 여자가 넘어진 밤이다. 기다려주지 않는다. 서둘러 갈무리하지 않으면 다 잃고 만다. 11월은 물매가 급한 계절이다. 사랑도 내리막을 타고 다가오지만 다잡지 않으면 내리막의 속도로 달아난다. 여자가 운다. 흐느끼다가 통곡하다가 몸부림친다. 잦아드나 싶더니 파도처럼 일어나고 주저앉는다. 집 앞까지 데려다주고 돌아가던 사내의 등을 비춰주던 가로등이 잠잠하다. 기대어 기다리던 사내가 이제 없으니 여자가 가로등을 잡고 운다. 가로등도 운다. 편의점 천막이 펄럭거리며 컵라면 함께 먹던 날의 미소를 보여주려 애쓴다. 되돌리지 못할 일이다. 미소처럼 쉽게 녹스는 것도 없다. 와장창, 입간판 하나가 쓰러진다. 사랑의 영토인 듯 비춰주던 주변이 캄캄해진다. 암전이다. 끝이다.

11월 하고도 중순이다. 눈을 기다린다 말해도 어색하지 않은 계절이다. 함께 첫눈을 기다리는 사람이 있다고 말해도 시샘 받지 않을 계절이다. 첫눈 오는 날 만날 카페를 정해둬야 한다. 느티나무 이파리가 다 떨어져도 우리는 슬퍼하지 말자던 사람에게 전화해야 한다. 슬프지 않다고 웃어주던 사람에게 달려오라고 말해야 한다. 헛된 약속으로 뒤척이던 작년을 잊어버리고 누군가를 찾아야 한다. 잊히지 않는다면 지천에 널린 낙엽으로 덮어두기라도 해야만 하는 밤이다.

이별과 이별하기

미늘에 대한
은유

돌아갈 수 없다 한다. 한 번 찔리면 몇 곱절 통증을 감내하고 생살을 찢어야 돌아갈 수 있다 한다. 아물기까지는 지난한 시간이 필요한 상처다. 바늘이 들어간 자리를 되돌아 나오는 길이란 사랑을 잃고 혼자 걸어보는 데이트코스다. 길이란 불면의 밤마다 스스로 연마하는 바늘이다. 제 살을 찌를 거면서 예리함만 생각하는 무감각이 그 길이다. 알면서도 모른다고 해버린다. 두렵지 않다고 자신한다. 이 마음으로 사랑은 시작되고 입 안 가득 바늘을 물고 있는 상황이 지속된다. 언제 찌를지는 아무도 모른다. 바늘은 사랑이 열기를 더하는 동안은, 그니의 뜨거운 혀와 타액이 스며드는 동안은 깃털만큼 부드럽다. 젤리를 물고 있는 것처럼 말랑거린다.

낚시 바늘에 찔려본 사람은 안다. 살을 뚫고 들어오는 순간의 통증을 기억한다. 그러나 바늘이 몸에 박혀 있는 동안은 통증도 유보된다. 빼내려는 순간 다시 시작되는 것이다. 통증과 종결하려는 결심 중 어디에 마음을 싣느냐에 따라 결과는 달라진다. 대부분 아픔을 견딜 수 없어 몸에 바늘을 묻은 채 살아간다. 뻐근한 부위를 간직하게 되는 거다. 어딘가에 삭지 않은 바늘이 있다. 날카로운 미늘의 끝이 생살 깊숙이 박혀 있는 거다.

위악이라 에두르면 진정한 악이 될 것 같다. 낚시가 취미라고 말하지만 목숨을 가지고 노는 일이니 지극히 인간중심적 행동이다. 저녁 내내 바늘을 맸다. 미늘은 되돌릴 수 없다는 증명이라서 제거해버렸다. 물고기의 상처를 염두에 둔 배려라 말하지만 실상은 반복해서 찔렸던 내 자신을 위한 대비다. 되돌릴 수 없는 일, 되돌릴 수 없어서 한탄했던 순간들, 처음으로 돌아갔으면 싶어서 하늘만 바라보던 때가 생생하기 때문이다. 세상의 모든 사랑이여 미늘을 버려다오. 거리의 모든 관계들이여 서로가 미늘을 제거하고 만나자. 은폐된 위험과 후회가 시작되기 직전에야 알아버리는 절망은 이제 그만두기로 하자. 미늘이 매력이라면 청춘이거나 두려움을 모르는 로봇이다. 그대들은 바늘을 빼낸 자리가 쓰라리지 않은가. 나는 통증이 시작되거나 진행 중이거나 피를 흘리고 있다. 미늘의 끝이 빤짝거린다.

낚시 바늘 끝의 안쪽에 있는, 거스러미처럼 되어 고기가 물면 빠지지 않게 만든 작은 갈고리. 구거(鉤距).

거푸
집

범종이 되겠다. 맥놀이로 그대의 가슴을 치고 혈관을 흐르며 갈림길마다 쿵쾅쿵쾅 갈등의 이정표를 세우겠다. 따라오는 자 없도록 내가 가는 방향은 지옥이라 새기겠다. 사랑을 잃고 절망한 새가 날아와 두 개골을 깨트려도 주인은 따로 있다고 침묵하겠다.

칼도 좋다. 그대의 이마만큼 환한 보름이 되면 물렁해지는 뼈들을 견딜 수 없었다. 강물에 뜬 달을 반으로 갈라 절반은 건져내겠다. 어둡게 사는 사람들에게 한 조각씩 나눠주겠다. 떠난 사람 얼굴을 그리는 화가의 방에 조금 큰 조각을 걸어주겠다.

받아준다면 그대의 끼니를 담을 그릇이 되겠다. 거친 산나물만 담기는 나날이라면 나 역시 밝은 빛을 버리고 퇴색하겠다. 기름진 찬이라

면 함께 빛을 내고 웃어보겠다. 받아주지 않으면 개밥그릇처럼 발길
에 채여도 그 마당 안이라면 행복하겠다.

숫눈 두툼한 곳에 누웠다 일어났다. 몸에 눌린 형상은 인간인데 암수
도 없고 신분도 성품도 보이지 않는다. 틀이니까 청동쇳물을 부을까
되직한 찹쌀풀을 채울까 서성거리다가 내려왔다. 주린 산새들 울음이
나 고이겠지. 밤눈 밝은 노루가 멈칫 놀라서는 에돌아가겠지. 껍데기
만 두고 왔는데, 껍데기의 형상만을 두고 왔는데 허깨비가 허방을 짚
는 것만 같아서 모퉁이마다 숨을 다스렸다.

시인

이재무 시인

뽀드득, 소리 내며 강변을 간다. 함박눈이 추락하는 동안 참았을 비명을 열어주며 간다. 물억새가 여기도 한번 돌아보라고 서걱거린다. 허망하더라도 꺾어지면 후련하련만 칼바람에 시달려도 여전한 허리를 구부린다. 무리지어 서로를 부축하고 서로에게 부대낀다.

저만치 버들이 절규한다. 끊어지지도 않는 회초리를 들어 제 몸을 매질한다. 어쩌자고 홍수 때마다 잠기는 곳에 자리 잡았는지 뿌리에게까지 한탄한다. 썩지도 않느냐고, 홍수에 뽑혀버리면 어떻겠느냐고 고개 숙인다. 봄은 가렵고 여름은 쓰리고 가을엔 허망하다가 겨울이 되면 함묵하는 고질병이다.

붉어도 뜨겁지는 않은 노을의 시간이다. 붉지는 않아도 뜨거운 가슴으로 간다. 전신에 화상이 번졌는데 비명도 없이 사내가 간다. 소리를 내면 소리를 들을 수 없는 까닭이다. 먼저 울면 그대들 눈물을 닦아줄 수 없기 때문이다. 화농으로 점철된 사내가, 여정을 생각하면 다리 하나는 진즉 부러졌을 사내가 바른걸음으로 간다.

길은 어디까지 이어졌는가. 길은 어디서 스스로를 닫고 침묵하려는가. 앞이 보이지만 종점이 아님을 안다. 강은 바다에 도달하면 멈추지만 사내는 거기서 새로이 시작한다. 누군가 뒤에서 시인이라 불러도 돌아보지 않는다. 등에도 눈이 있어서, 허명에 휘둘리지 않아서 사내는 미래를 보며 과거를 걷는다.

이별과 이별하기

그대라는
심연

유영遊泳과 정주定住에게

새로운 사랑은 없죠. 신께서 주관하는 황홀이니 발명이 아니라 발견하러 출발해요. 산소통 없이, 잠수복도 없이 그대 안으로 헤엄쳐 들어가요. 태어나던 모습으로, 전부를 버리고 덜어낼 것 없는 지금이 순수라고 믿어서 유영을 시작해요. 차갑지 않아요. 남태평양의 체온을 가졌군요. 해초군락을 천천히 돌아봐요. 흔들림에서 유연함을, 초록에서 건강을, 짙은 갈색에서 강인함을 느껴요. 화려했던 나날들이 산호 무리에 만발했군요. 경솔한 내가 건드릴까 봐 해류에 몸을 맡기고 흐르기만 해요. 두려움에 가라앉는 도중에 보이지 않는 손이 들어 올려요. 격하게 떠밀리는데 걱정하지 말라고 다독이는 느낌이 등 뒤에 있어요. 어느새 어두워져요. 유영이 불필요한 수심이죠. 힘을 빼고 천천히 가요. 내 가슴에 가득 찬 것들의 무게가 이끄는 곳으로 따라가요.

눈이 내려요. 마린 스노우marine snow, 고운 뼛가루가 내려요. 그대는 뼈를 버렸군요. 아니, 그대 척추를 가루 내어 내 전신을 축복하는군요. 절실함에 전율해요. 그믐보다 캄캄한 바다를 하늘이라 부를까요. 높이를 알 수 없는 저 위에서 천 년도 만 년도 녹지 않을 눈이 내려요. 바닥까지 얼마나 남았을까요. 수압 때문에 혼절한대도, 뿌리 뽑힌 미역의 자세로 바닥에 닿는대도 평온의 극점이라 생각할래요. 그보다 더 안온한 자리가 있을까요. 다시는 깨어날 수 없대도 잠들 수 있을 것만 같아요. 이곳에도 별이 있군요. 목숨 가진 것들이 희미한 불빛을 달고 지나가요. 살아가려는 애달픔이 별보다 반짝여요. 지고 돌아오던 날 그대 눈에 반짝이던 눈물도 별이었다는 걸 이제 알아요. 여기까지 내려오면 다시는 올라갈 수 없다는 거 알아요. 알고 왔고, 알아서 왔어요. 나는 천천히 오래오래 흩어지며 그대라는 눈과 섞일 거여요. 신께서 당도한 대도 분리할 수 없도록 둘만 사는 심연에서 환하게 섞인 눈이 될 거여요.

시작이라 불리는
자리에서

어린 햇살들이 잔잔한 곳에 내려앉았다가 물과 함께 얼어버렸다. 탁한 빛으로 갇혀 봄까지는 창공으로 돌아가지 못할 것이다. 얼지 않은 자리를 바람이 휘젓는다. 갈피 없는 문양으로 단숨에, 탁본을 찍어낸다. 지난해가 저러했을까 생각하면 어지럽고 오늘부터 시작이라는 한 해의 예감이라면 두렵다. 중첩되는 번민과 출몰하는 욕망들 속에서 나는 어떤 그림을 그릴 것인가.

얼지 않은 자리에 내려앉은 햇살이 반짝인다. 눈을 찌르고 풍경을 가로질러 창공으로 돌아간다. 반사되는 것들, 관통하고는 거짓말처럼 돌아가는 것들 속에서 나는 손을 허우적거릴 뿐 잡아챌 무엇도 없다. 없었다. 손을 휘젓는 동안 누군가는 이별의 상징인줄 알고 떠났다. 손을 휘저었더니 더는 다가오지 말라는 뜻이냐고 울었다. 아무도 알아보지 못했다. 서툴고 슬픈 일인용 신호로 남아 부장품이 될 것이다.

섣달 초하루의 냉기가 어지럽혔는지 강준치도 보이지 않는다. 장갑도 외투도 없이 맨몸으로 수온을 견뎌야 하는 족속들이니 변화에 민감하겠다. 빙점 아래로 곤두박이는 밤을 어디서 보냈는지 물어도 대답 없다. 외투에 장갑에 목도리까지 두르고도 맨몸인 것처럼 추위를 느끼는 나는 진화론의 변외라는 말일까. 뭍이면서 물발을 느낀다. 수압에 심장이 터질 것 같다.

천천히 강변을 걸었다. 막막하게 물을 바라보았다. 발목이 시릴 때까지 앉아 있었다. 기울어지는 오후가 산 너머에서 잡아당길 때에야 카페로 들어왔다. 다시 창가에 앉아 강을 본다. 시작도 끝도 없는 흐름을 감지한다. 가는 물살과 오는 물살의 순서를 매기는 건 어리석다. 시작도 끝도 없이 섞이는 거다. 중첩이라 이름 짓는다. 신년이라 불리는 오늘이란 우연히도 그 중첩이 어룽거리는 날일 뿐이다. 새로울 것 없고 아쉬울 일 아니다. 다만, 흔들림이 심한 하루일 뿐이다.

이별과 이별하기

사이

시치미 떼는 동해도 아니고 무너지는 서해도 아니라서 남해는 망설인다. 엎드려 울지도 못해서 남해는 여인이 아니다. 붙박이인 양 갯바위를 움켜쥘 악력이 부족해서 남해는 사내도 아닌 거다. 한 발 물러서면 드러나는 비린 목숨들이 안쓰럽다. 수면을 흔드는 게 바다의 일이니 밀물도 썰물도 흉내만 내며 머뭇거린다.

자리를 지킨다는 것은 기다림의 속살이다. 갯바위는 제 몸 깎으며 검은 안색으로 수수만 년 바다만 바라본다. 두드림의 반복이란 잊을 수 없다는 비명이다. 파도는 밤에도 새벽에도 멈추지 않고 몸을 세웠다 쓰러진다. 섬은 섬대로 망설인다. 젖은 무릎으로 나아가지도 가라앉지도 못하고 바다만 본다. 버름한 틈새로 스민 진눈깨비가 얼면서 바위를 조각으로 밀어낸다. 봄이면 투신하는 돌멩이들이 바다와 섬 사이聞의 예물이다. 언덕을 굴러 떨어지는 소리가 섬의 전언이라면 수면을 관통하는 소리가 바다의 대답이다.

친구여, 그대는 혹시 그런 습관 없는가. 바다나 너른 물을 보면 괜스레 돌멩이를 힘껏 던져보는 행동 말일세. 사람이란 뭍도 물도 아니어서 그런 거라네. 밀물과 썰물이 길항하는 것처럼 가슴에 무언가가 차올랐다 바닥을 보이는 까닭이라네. 뛰어들고 싶으면서 한 발 물러서니까 사람이라네. 오래 앉아 있다 오게나. 언제고 만나서 내가 어깨를 치면 그대가 친친 감아두었던 해조음이 비파소리로 풀려나도록 말일세.

남과
여

여자의 과거를 묻지 마라. 주인은 향기 먼저 꺼내려 하고 초대받지 않은 손님은 악취만을 들춘다. 만발한 꽃무더기 아래엔 욕망이란 벌레들이 고물거리고 허영이란 부엽토도 두터울 것이니 어떤 것에 먼저 눈이 가느냐가 그대의 명함이다. 여자의 과거를 묻지 마라. 스스로 고백할 때까지 기다려야 한다. 남자의 과거는 각색된 무용담에 불과하지만 여자의 과거는 앞에 앉은 사랑에 대한 증명으로만 쓰인다. 사랑을 완성하고픈 순간이 오면 여자는 묻지 않았던 것들까지 고백한다. 묻지 마라. 사랑은 요리와 같아서 기다릴 수 있어야 한다.

남자의 어제 일은 캐는 거 아니다. 육중하지만 수시로 열리는 문이 달린 거기엔 허황한 모조품들과 비린내가 횡행한다. 지금 이 순간만을 기억하고 또 잊어버려라. 남자는 달리는 존재다. 천천히 걸을 줄 모르

242

기 때문에 응시할 새 없고 달리느라 숨이 차서 속삭이지 못한다. 남자의 어제 일을 궁금해하지도 걱정하지도 마라. 여자의 영혼과 육체를 분리할 수 있는 칼은 절망과 분노뿐이지만 남자는 세상의 여자들 숫자만큼 육체가 분할되는 존재다. 남자의 영혼은 어디 있느냐 묻지 마라. 갈비뼈에 붙어 있던 영혼을 이브에게 건네주지 않았느냐. 여자의 과거도 남자의 어제 일도 서로 묻지 마라. 지금, 메뉴판의 커피를 고르는 일에만 집중해라.

허전해도
허망하지 않은 까닭

꽃 진 자리를 무엇으로 채울까. 이파리 무성해지면서 희미하게 잊는
다. 유순한 봄볕이 근육질 땡볕으로 변해 을근거리면 그늘의 넓이에
만 관심을 둔다. 빈자리는 빈자리로 남고 나무와 우리는 서로를 잊는
다. 감정이라고 다를까. 나무마다 만발했을 때 허공의 부피가 있는 것
처럼 사람에게도 각각의 감정을 채워둔 저장고가 있다. 건네주는 동
안, 기꺼이 다 내주는 동안이 관계의 원형이다. 바닥나기 전에 상대로
부터 응답을 바라지만 애정이 충만해서 주고받은 감정들이 당초의 저
장고를 채우는 건 아니다. 상대가 내 예감대로, 내가 아쉬운 자리마다
온기를 담아주던. 자리가 따로 있다는 거다. 저장고는 열릴 때 문도
함께 떨어져나가는 까닭에 채워도 채워도 흘러나오기만 한다. 열렬한
한 번이 언제였는가. 이후의 감정이 헛헛한 자리를 채워주던가. 아마
도 아닐 것이다. 빈자리는 영원히 유적으로 남을지도 모른다. 사랑도

다를 바 없다. 채우려 애쓰고, 채워질 거라 행복해하지만 실상은 다른 곳을 채우는 거다. 만족과 헛헛함이 공존하는 이유다. 창밖으로 만발한 벚꽃을 보며 새로 만들어질 또 하나의 빈자리를 예감한다. 반복이니까, 허전할지라도 허망하지는 않다고 꽃을 다시 본다.

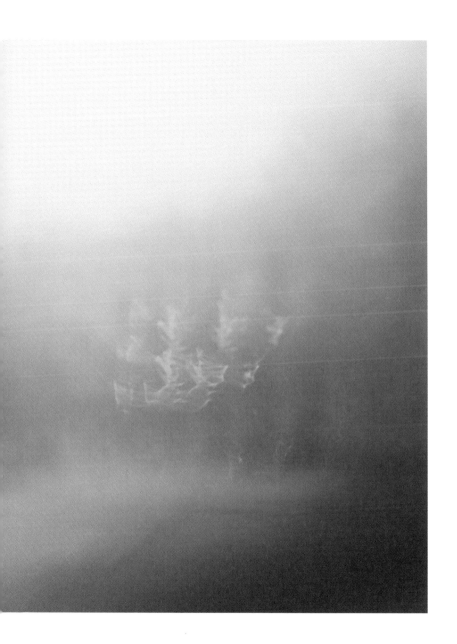

이별과 이별하기

예감부터
후회까지

추우면 옷을 더 입는다. 한없이 더할 수는 없는 일이어서 온기를 찾게 된다. 더우면 벗는다. 다 벗을 수 없으니 그늘을 찾는다. 관계망 속에서 살아가는 인간만의 일이다. 털갈이하는 짐승들도 많으나 그들은 자연계 속에서 완전체에 가깝다. 몸으로 견디게끔 진화했다. 본능의 출렁거림조차 몸이라는 감옥 안에서의 일이다. 사람이야 어디 그런가. 몸은 몸대로 마음은 마음대로 추위에 심란하고 더위에 질겁한다.

더운 커피를 마시려면 물을 데워야 한다. 조금이라도 온기를 지속하고 싶다면 잔까지 데워야 한다. 모르는 이 없다. 아는데도 습관처럼 포트에서 컵으로 물을 따른다. 걸러진 커피를 컵에 담는다. 무심코 시작한 일이 습관으로 굳어지고 끝내는 습성이 되어 고치지 못한다. 알면서도 이미 늦어버린 일이어서 후회라는 습성과 동거하게 된다. 내가 나를 괴롭히는, 스스로를 징벌하면서 죄목은 모른다.

속도는 제각각이더라도 커피는 결국 식는다. "첫"이라는 어휘는 발음하는 순간이 가장 뜨겁다. 식는다는 전제를 숨기고 있다. 식어가는 과정을 온전히 느끼는 사람은 없다는 변명으로 자신을 위무해봐도 이미 식어버린 커피 앞에서 소용없는 일이다. 느껴지는 온도차에 낙심하느라 "첫"이라는 감정을 잃어버린다. 지속한다 해서 영원은 아니다. 당신도 나도 커피는 식는다는 사실을 안다. 영원은 아니기에 유지하고싶은 거다. 서글프지만 외면할 수 없으니 나는 잔 먼저 데운다. 오래도록 식은 커피를 마신 후에야 비로소 잔을 데운다. 그러나 이제 잔은 하나뿐이다.

권태와 피로 사이에
우리의 희망사항을

하루에 한 번은 연락 오는 사람이면 좋겠다. '그냥'이라고 먼저 말해주는 사람, 눈 온다고 어설픈 사진을 찍어 보내는 사람, 목도리 했느냐 걱정하는 사람, 목소리 가라앉았다고 담배 좀 줄이라는 사람, 지난번에 입은 니트 멋지다고 자기 만날 때만 입으라 웃는 사람이면 좋겠다.

나는 그저 고요하면 그만인 사람이 좋겠다. 메뉴판 들고 자상하게 설명해주는 사람, 내 외투 주머니 속으로 손을 찔러 넣으며 빙그레 웃는 사람, 속도 맞춰 나란히 걷자고 팔을 당기는 사람, 올려다볼 때마다 미간이 환하게 빛나는 사람, 설탕물 같은 잠언 따위에 현혹되지 않는 사람, 매달 두어 곳 정도에 후원금을 보내는 사람, 영화 보며 펑펑 울다가도 눈 마주치면 씨익 웃으며 팝콘을 집는 사람과 일요일을 보내고 싶다.

노을보다 그윽한 사람, 아침만큼 상쾌한 사람, 소나기처럼 시원한 사람을 갈망한다. 나는 그저 가만히 만끽할 수 있도록 사랑을 채워주는 사람이 아쉽다. 이토록 이기적인 사랑을, 이만큼 달달한 사랑을 상상한다. 가만있겠다 해놓고 기다림과 애달픔과 불안으로 한시도 편할 날 없을 나를 이기적이라 힐난한다면 수긍하겠다. 사랑도 때론 버겁다. 사랑이라서 수시로 염증이다. 가만가만 눈을 맞는 바위를 보며 내부의 격렬함을 상상한다. 틈새마다 조용조용 쌓이는 눈을 보며 안온함을 떠올린다. 그냥, 그냥 좀 편한, 봄날보다 게으른 사랑 한 번 해볼 수는 없는 걸까. 누가 그리 해줄 수는 없는 일일까. 청춘을 탕진했으니, 나를 도거리로 들어먹었으니 한 번쯤은, 누군가는 그래줘야 공평한 거 아닌가. 내게 동조하는 당신들에게도 말이다.

이별과 이별하기

포옹이라는
말

무릇 목숨 가진 것들은 약한 부위가 있습니다. 나무는 가지가 벌어지는 지점일 테고 잠자리는 예의 그 아스라한 날개일 테며 척추를 가진 짐승은 반대편 배 아니겠습니까. 움직이지 못하는 나무와 풀도 꽃을 피우고 암술에 수술이 닿으면 격렬하게 반응한다고 합니다. 짐승들의 사랑은 후배위가 대부분이죠. 물론 고래는 서로를 마주본 채로 심해로부터 떠오르며 교미를 한답니다. 사람은 좀 더 철학적 분석이 가능합니다. 가장 약한 부분, 배를 맞대죠. 이게 섹스만을 의미하는 건 아닙니다. 포옹이라고 하죠. 어떻습니까. 이응 받침이 주는 울림소리가 끌어안은 두 사람의 박동처럼 입안에서 맴돌지 않습니까?

페이스북에 올라온 사진을 유심히 봤습니다. 어물전 대구를 찍었는데 이왕이면 마주보게 진열한 것이 보기 좋더라는 글이었습니다. 주인장이 누구인지 몰라도 지극한 분입니다. 사랑하는, 사랑이 무엇인지 아는, 사랑받고 싶은 분일 거라고 믿습니다. 저도 이렇게 살았으면 싶습니다. 이왕이면 마주 보기, 가급적이면 마주 보기, 그래도 된다면 포옹하기, 만날 때마다 가볍게라도 포옹하며 살면 서로가 약한 부분을 감춰주게 됩니다. 서로에게 가장 약한 부분을 의탁했으니 애틋하지 않겠습니까. 자신은 그런 부분이 없는 것처럼 생청 부린다고 감춰질 일 아닙니다. 차라리 여기가 약하다고 솔직하게 드러내면 좋겠습니다. 서로 같은 종족이니 내가 약한 부분은 상대도 약합니다. 거기를 공격할 일 아니라 포옹하는 겁니다. 사랑이라 규정하면 남녀의 문제로 축소될 우려가 있습니다. 측은지심이라고 하겠습니다. 선입견을 버리고 가만 들여다보면 측은하지 않은 사람 없습니다. 돌려세워 마주 보면, 상대의 눈에 일렁이는 마음을 읽으면 포옹하지 않아도 될 사람 없습니다. 내 자신도 그러하기 때문입니다.

다투고 돌아선
연인들에게

결이 삭기를 기다립니다. 호수가 서로의 어깨를 당기는 동안 나는 배회만 했습니다. 결가부좌를 틀고 묵언에 들었을 때에야 아차 했으나 늦었습니다. 기다린다 말했으나 기다리지 않아도 풀어질 일이라는 미련만 그득합니다. 호수도 사람들 눈길이 닿지 않는 중심부에 없는 듯 숨구멍을 남긴다는 것을 새들에게 들었습니다.

지난 가을 참방이던 수면 위로 퍼부어지던 노을이 뚫고 들어간 수심水深은 얼마였는지 모릅니다. 비린 목숨들의 등으로 스미고 부산한 지느러미에 무늬를 새겼을 텐데 한 번도 본 적 없습니다. 거리의 문법과 상관없는 그들만의 일이겠지요. 반사광이 내게도 날아옵니다. 날카롭지 않은데 가슴을 관통합니다. 서늘한 무언가가 심장을 지나갔는데 통증은 전신에서 올라옵니다. 저지레만 거듭하는 습성 때문에 겁부터 나고 또 무엇을 망쳤나 고개를 숙입니다. 흐트러진 채로 결빙된 마음입니다. 겨울 호수처럼 단아하지 못하고 호수만큼 명징하지도 않습니다.

결이 삭기를 기다리기만 합니다. 그대는 무책임하다 힐난하겠지요. 먼저 손 내밀며 웃을 수는 없느냐고 서운해 하시겠지요. 다만 기다립니다. 화단을 버르집은 강아지처럼, 화병을 깬 고양이인 양 구석에 웅크려 기다리기만 합니다. 털끝만 건드려도 와르르 무너질 심사를 애써 감춘 채 그대의 결이 삭기만 기다립니다. 기다림은 나만의 형벌, 내가 고안한 가중처벌인 까닭입니다. 사소한 자책들도 나만의 일이어서 무시로 그대를 당황하게 만들었습니다. 그대라는 호수를 돌며 결빙이 풀어지기를 기다립니다. 봄이 해결한 일인지 내 기다림의 결실인지 판정은 매번 유보됩니다. 그대도 나도 판관이 아니라 피의자라고 억지를 부려봅니다.

이별과 이별하기